銀の鈴

# ものがたりの小径

# ゆめ

## アンソロジー

銀の鈴社

全国各地で児童文学を創作している方々の応募作品の中から、「子どもにもわかる言葉で書かれた文学性の高い作品」を選定し、プロの画家による挿画で彩り、発表しているアンソロジーです。

銀の鈴ものがたりの小径　編集委員会

今期委員　漆原智良（教育評論家・児童文学作家）
日野多香子（児童文学作家）
藤田のぼる（児童文学評論家・作家）
銀の鈴社（柴崎俊子・西野真由美）

（五十音順）

# ゆめからさめても
## ――この本を手に取ってくださったみなさんへ

この本に入っているお話を書いたのは二十人の大人たちですが、みんなゆめを持っています。それは、子どもたちの心にそえる物語を届けたいというゆめです。

大人にも子どもの時代がありました。大人になった今でも、心のどこかに、その時の子どもが住んでいます。その子どもと相談しながら、今子ども時代を生きる人たちに向けて、楽しさや不思議さ、あるいは悲しさや時には苦しさをもふくんだ物語を届けたいのです。なぜなら、わたしたちのだれもが主人公で、だれもが自分だけの物語を求めていると思うからです。この本に入っているお話のひとつひとつが、そんなふうに、あなたがあなた自身の物語を作っていく手助けになればと、わたしたちは願っています。

遠くにあるゆめ、意外に近いゆめ、たとえ叶わなくてもずっと持っていたいゆめ、絶対に叶えたいゆめ、忘れてしまいそうなゆめ、本当にありそうなゆめ……、さまざまなお話があなたをゆめの世界につれていくことでしょう。ゆめからさめたら、どんな新しい世界が待っているか。それを知ることができるのは、この本を読むあなただけです。

藤田のぼる

●中学年向け

●高学年向け

# まほうのえんぴつ

作・星野良一
絵・山岡勝司

あやちゃんのお父《とう》さんは、絵本《えほん》をかく人です。そして、七さいのあやちゃんは、お父さんのかいた、小人《こびと》や王《おう》さま、まじょのお話《はなし》が大すきでした。

「わたしも、大きくなったら、お父さんみたいな絵本をかく人になりたいの。でも、どうかいたらいいか、わからないの」

ある日曜日《にちようび》。お父さんのへやに来《き》て、あやちゃんが言《い》いました。

すると、お父さんは、

「それじゃあ、いいものをかしてあげるよ」

と、あやちゃんに、一本のえんぴつをわたしました。

「それはね、まほうのえんぴつなんだよ。そのえんぴつをもてば、かってにお話をかいてくれるんだ」

あやちゃんは、びっくりして、そのにじのもようのえんぴつを見ました。

「うそだ。まほうのえんぴつなんてないよ」

お父さんは、あやちゃんのはなを、ちょんとゆびでさわりました。

「そう言わずに、まずは、ためしてごらん」

あやちゃんは、お父さんのつくえにすわると、ノートのまっ白なページをひらきました。

「いいかい、あやちゃん。まずは目をつぶって、頭《あたま》の中をからっぽにするんだ。そして、じぶんがお話のしゅじんこうになったつもりで、楽《たの》しいことを思《おも》いうかべる。楽しいことで、頭がいっぱいになったら、あとは目をあけて、ノートにえんぴつをおくだけでいいんだよ」

あやちゃんの耳もとで、お父さんが言いました。

あやちゃんは、言われたとおりに目をつぶり、頭の中をからっぽにしました。お話のしゅじんこうになったつもりで、楽しいことを思いうかべます。

楽しいくうそうは、シャボン玉のように、つぎつぎにうかんできました。

頭が、楽しいことではちきれそうになった時《とき》、あやちゃんは目をあけました。

えんぴつのさきっぽを、ノートにおきます。と、とつぜん、えんぴつをもった手が、かってにうごきだしたのです！

あやちゃんは、えんぴつがとまると、また目をつぶって、楽しいことを思いうかべました。目をあけると、ふたたび、えんぴつがうごきだしました。

あやちゃんは、つぶってはかいて、つぶってはかいてを、なんどもくりかえしました。

そうして、十まいの絵ができあがりました。

「お父さん、わたしのお話を聞《き》いて」

あやちゃんは、お父さんに絵を見せながら、お話をはじめました。

お話のしゅじんこうは、アミーという、あやちゃんと同《おな》じ七さいのまじょでした。

「アミーはね、おしろのたからものをぬすんだ、わるいまじょをさがすたびにでたの。ペットの子ぶたの、モモもいっしょよ。アミーは、おしゃべりの森《もり》で、うそつきおおかみとたたかったの。シチューの海《うみ》では、じゃがいもくじらもやっつけたわ」

アミーは、わたあめ雲《ぐも》でカミナリへびと、チョコトンネルではむしばおばけともたたかいました。

「それでね、しんせつなお月さまに、わるいまじょのいるばしょを教《おし》えてもらったの。アミーは、ガラスの山にかくれていたまじょを、こおりのまほうでカチコチにこおらせてやっつけたのよ」

たからものをとりかえしたアミーは、王《おう》さまからごほうびに、たくさんのおかしをもらいました。そして、子ぶたのモモとしあわせにくらしたのでした。

「おもしろかったよ。とてもよくかけてたね」

お父さんが、にっこりとわらいました。

「このえんぴつのおかげだよ」

あやちゃんが、にじのもようのえんぴつを手にとると、お父さんは首《くび》をふりました。

「いいや、それはただのえんぴつだよ。お話がかけたのは、あやちゃんが、そのえんぴつにまほうをかけたからさ」

「えっ？　わたし、まほうなんてつかえないよ」

「つかえるさ。あやちゃんだけの、お話のまほうをね」

「まじょじゃないもん。つかえないよ！」

「じゃあ、ほかのえんぴつでたしかめてごらん」

お父さんが、えんぴつたてから、星《ほし》のもようのえんぴつをぬきました。

あやちゃんは、そのえんぴつをかりると、ノートの白いページをひらきました。

さっきと同じように、目をつぶります。頭の中をからっぽにして、アミーのすがたをうかべました。

（こんどはアミーと、どんなたびをしようかな？）

あやちゃんは、わくわくしてきました。

頭の中が、楽しいくうそうでいっぱいになります。目をあけると、えんぴつをもった手が、ゆっくりとうごきだしました。

——ほうきにのったアミーとモモが、星空《ほしぞら》をとんでいます。

# ケンと新《しん》幹《かん》線《せん》『ドリーム』50号《ごう》

作・丸田かね子
絵・山本省三

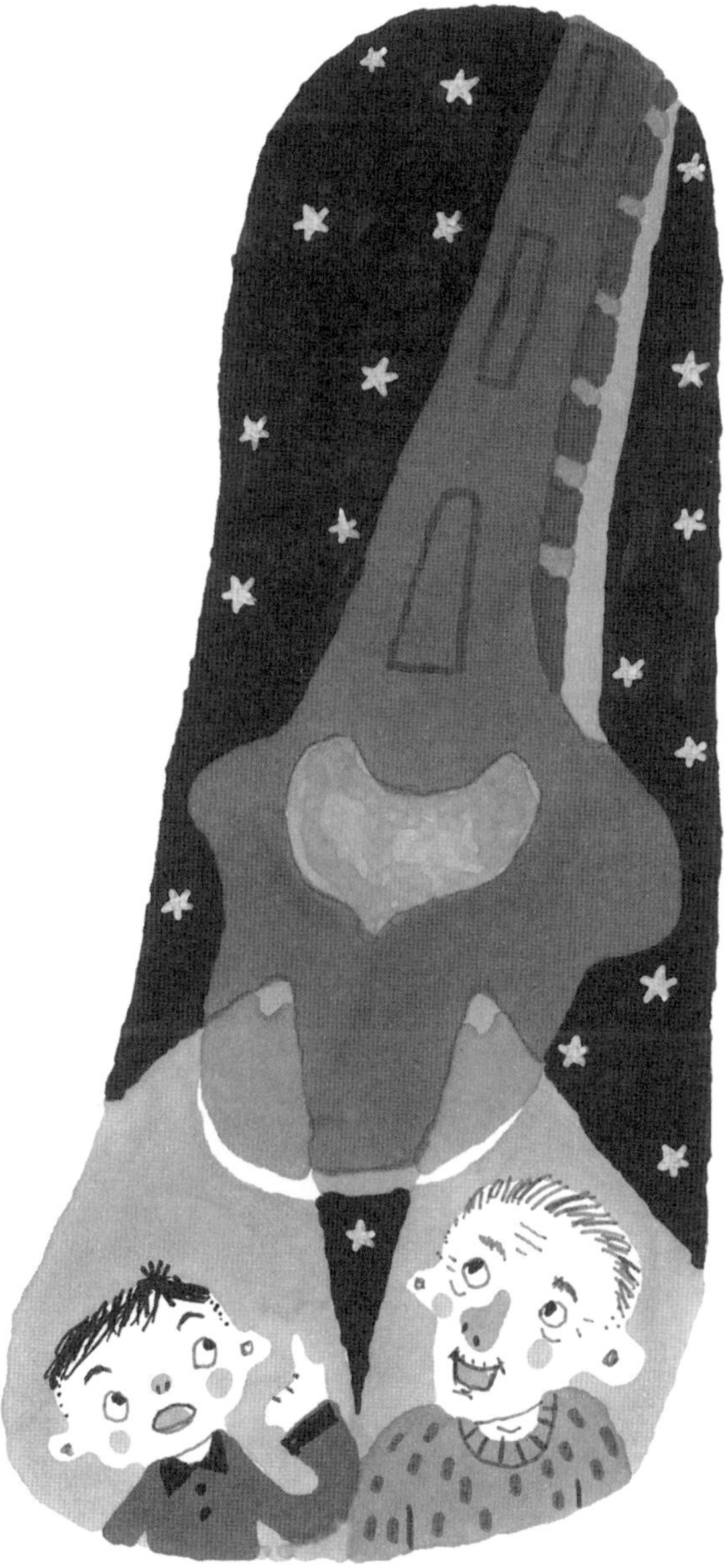

ケンとおじいちゃんは、駅《えき》につくとすぐプラットホームにならびました。

早《はや》く来い来い。

ケンは、新幹線『ドリーム』５０号《ごう》がやってくるホームのむこうの暗《くら》やみを見ました。

それから、ホームの時計《とけい》を見ました。二年生だからちゃんと読《よ》めます。夜の９時２０分。

「もうすぐだね」

おじいちゃんに話しかけると、おじいちゃんはケータイで話し中でした。おじいちゃんは、けさ家《いえ》を出発する時、お母《かあ》さんとやくそくしたのです。「夕方の新幹線で帰《かえ》る」って。

ところが、ついでに水族館《すいぞくかん》にも寄《よ》ったので、やくそくをやぶってしまったのです。

おじいちゃんは、ぺこんと頭を下げて話しおわると、ケンの目をのぞいて聞きました。

「ねむくないかい？」

「ぜーんぜん」

ケンが首《くび》を横《よこ》にふった時、むこうの暗《くら》やみに、白い色がぽちっとあらわれました。白い色はみるみるふくらんで、風といっしょにプラットホームにすべりこんできました。

うわっ。

くりです。

先頭車《せんとうしゃ》が、くじらの顔《かお》に見えたのです。頭から鼻《はな》や口にながれている線《せん》が、くじらにそっくりです。

あの顔《かお》をすべり台《だい》にしたら、

って、ケンは思いました。つるっとすべっていきそうです。でも、『ドリーム』５０号は新幹線だから、すべり台にはなれません。

「さあ、のろう」

ケンはおじいちゃんにせかされて、いきおいよくデッキにふみこみました。とたんに、３号車の中のあかりが、ぱっと目にとびこんできました。

わー、向《む》こうのドアまで見える。

ケンがいままで３回乗《かいの》った昼間《ひるま》の新幹線は、人がじゃましてむこうまでなんか見とおせませんでした。

おじいちゃんは、「ここにしよう」と、窓《まど》ぎわの座席《ざせき》に「よっこらしょ」と座《すわ》って、通路《つうろ》がわに座ったケンに、

「ねむくないかい？」

って、また聞きました。お母さんだったら、「またおんなじことを」って、うるさがるかもしれません。でも、ケンはちょっぴり知《し》っているんです。おとなのくせは、しっかりくせになっちゃって、なおらないんだって。おじいちゃんは、大大大《だいだいだい》のおとなです。もう、くせは消《き》えっこありません。

ケンが首を横《よこ》にふると、おじいちゃんは、

「ねむくなったら、ねていいんだよ。おじいちゃんが起《お》こしてあげる」

と、にこにこしてつけたしました。

『ドリーム』50号は、発車《はっしゃ》しました。夜《よる》の外《そと》のあかりが、おじいちゃんのわきの窓《まど》に映《うつ》って、ビュビュッてとびさっていきます。

「すごいや、ゴーゴーゴー。スピード260キロでございまーす」

昼間《ひるま》の新幹線では、見られないけしきです。

ケンは首をのばして、反対《はんたい》がわの窓も見ました。やっぱりあかりがとびさっていきます。

「おじいちゃん、すごい」

でも……おじいちゃんはこくりこくりしていました。ケンは笑《わら》ってしまいました。おじいちゃんは、「おそくなってお母《かあ》さんにしかられちゃうかな」って心配《しんぱい》していたから、心配でつかれちゃったんだとケンは思いました。

おじいちゃんがねてしまったらつまらなくなって、ケンは、まわりをぼーと見まわしていました。するとうしろの人と、目が合ってしまいました。

「どこまでいくの？」

「ぼくんち……。終点《しゅうてん》だよ」

「たっぷり乗《の》るんだね。ねむくないのかい？」

「うん……ぼく、起《お》きてなきゃ。おじいちゃんを起こしてあげるんだから」

「そうか、いい子だね」

ケンは、へんじに困《こま》りました。「起きてなきゃ」なんて思っていなかったのに、口に出てしまったのです。ケンは、もそもそと前に向きなおりました。窓にケンの顔がうつりました。とろんとした目。あくびも出てきます。のびをして「ふわー」って、あくびをしたら、だれかがケンの手にハイタッチしました。

「ねむいかい？」

車掌《しゃしょう》さんでした。車掌さんは、ちらとおじいちゃんを見ると、「どこまで行くの？」と、ささやきました。

「終点《しゅうてん》だよ」

「終点？　それならねてもだいじょうぶ」

それから、ケンの耳にそっといいました。

「『ドリーム』５０号でねると、いい夢《ゆめ》が見られるんだよ」

車掌さんは、片目《かため》でケンにウインクして、ドアのむこうに消《き》えました。

まもなく『ドリーム』５０号はトンネルに入りました。

あと二つトンネルを抜《ぬ》ければ…終点…ねちゃだめ……おじいちゃんを起《お》こしてあげ…。

ケンは、ねむってしまいました。

がくっと列車《れっしゃ》がゆれて、おじいちゃんはすばやくケンの体《からだ》におおいかぶさりました。ケンも目をさましました。あたりがまっ暗《くら》です。

「停電《ていでん》しましたので、列車がとまりました。しばらくおまちください」

上の方でひびいています。

「どうしたのかな。外《そと》の家や外灯《がいとう》は、電気《でんき》が点《つ》いているのに。何が起きたんだろう」

おじいちゃんがつぶやきました。

「ここ、駅《えき》?」

「いいや、3番目《ばんめ》のトンネルを出たところだよ。新幹線は何かの時、トンネルの中では、とまらないようになっているんだそうだ」

「何かの時って?」

火が出た? 故障《こしょう》?

線路《せんろ》に石が置《お》かれていて電車《でんしゃ》がとまったってことは、ケンも聞いたことがあります。ケンは、胸《むね》がざわざわしてきて、立ち上がってしまいました。と、停電しているのに、緑《みどり》の光が向こうのドアをてらしてました。レモン色みたいな光も、やみのあちこちに見えます。

何だろう？　ケータイ？　スマホ？

そうか、とケンは気がつきました。

「おじいちゃん、ケータイかして」

ケンはおじいちゃんのケータイを、なんどもそうさしました。

「なんだ？　『ただいまサーバーが混《こ》み合っています。しばらくたってからご利用ください』？」

おじいちゃんもケータイをのぞきこんで、たしかめだしました。ケンは、おじいちゃんの指先《ゆびさき》を、じっと見つめました。

「『ただいまサーバーが……』ばかりだな。ほかの人は、何か情報《じょうほう》がとれたのだろうか」

おじいちゃんは、つぶやきながら立ち上がって、ケンを窓《まど》ぎわのいすに座《すわ》らせると、

「だいじょうぶだよ。もし何かあったんだとしても、おじいちゃんやみんながいるからね」

と、やさしい声でいいました。そしてケンがいた席《せき》の前に立つと、大きな声を出しました。

「みなさん、失礼《しつれい》します」

ケンはびっくりして、暗《くら》い中のおじいちゃんを見あげました。やみの中のおじいちゃんの背中《せなか》が、大石のように見えます。

「まもなく車内放送《しゃないほうそう》があるかと思いますが」

おじいちゃんの声は、りんりん響《ひび》きました。

「緊急《きんきゅう》のことは、少しでも早く状況《じょうきょう》を……」

ことばをたしかめるように、どうどうと話していくおとなの人を、こんなに近くで見るのは、ケンははじめてです。

「お願《ねが》いですが、もし、つかんだ情報《じょうほう》が

ありましたら……」

「いやー、わたしも同じ…」と、だれかの声があがった時、車内放送がはじまりました。

「おいそがしいところ、ご迷惑《めいわく》をおかけしております。ただいま、緊急地震速報《じしんそくほう》を受信《じゅしん》したため、列車をとめております。なお……」

えっ、地震？

ケンは、窓におでこをつけました。おじいちゃんも、窓に顔《かお》をよせました。外に見える家々のあかりは、ゆれてなんかいません。ケンは、ちょっとだけ「よかった」と、思いました。

まもなくあかりがついて、車内放送がまたありました。「線路《せんろ》の安全が確認《かくにん》できたので発車《はっしゃ》します」というお知らせでした。

ケンはうれしくなって、「『時速《じそく》20キロメートルで運転《うんてん》します』だって」と、放送のまねをしてしまいました。

新幹線『ドリーム』50号は、ゆっくり発車しました。

窓から見える家々のあかりも、ゆっくりと後《うし》ろに流《なが》れていきます。

「地震はだいじょうぶだったかな」

おじいちゃんが、つぶやきました。ケンはさっき暗い中でひびいた、おじいちゃんのりんりんした声を思いだしました。「失礼《しつれい》ですが……」って呼《よ》びかけたおじいちゃんは、勇《ゆう》気《き》いっぱいのおとななんだと、ケンは思いました。それに眠《ねむ》っていたはずのおじいちゃんが、列車《れっしゃ》がとまった時は、ケンを守《まも》ってくれていたことも、思いだしました。

終着駅《しゅうちゃくえき》についたのは、ま夜中でした。

ケンとおじいちゃんが、『ドリーム』５０号から下りると、車掌《しゃしょう》さんがやってきました。

「だいじょうぶでしたか？」

車掌さんは、おじいちゃんに聞きました。

「車掌さんこそ、大変《たいへん》でしたね。ごくろうさまでした」

車掌さんは、つぎにケンを見ていいました。

「心配《しんぱい》で、ねむれなかったかな？」

「ううん、ねむったよ」

「いい夢《ゆめ》も、見たかな」

「夢？　あっ、見るのわすれてた」

ケンは、つづけました。

「でも、ぼく、夢ができたんだよ」

「それはよかった。で、どんな夢かな？」

ケンは、ちらとおじいちゃんを見ました。

「おじいちゃんみたいにね、どうどうとしたおとなになるの」

ケンが胸《むね》をはっていうと、ホームにとまっている『ドリーム』５０号が、にこっと笑《わら》ったようにケンは思いました。

# ちびおに

さく：高丸もと子

え：滝波裕子

チャイムがなった。

「あ〜あ、もっとあそびたいよう。」

一ねんせいのえいたは、きょうしつにもどるのがいつもビリ。きょうもそういって、しぶしぶいすにすわった。

「あれ、なんかへん……。」

くすぐったい。なにかがいるかんじ。でもなにもない。

「せんせい、ぼくのいすに……。」

といいかけてやめた。だってぼくのいすには、ほんとうに、ぼくしかいないもの。

「さあノートのよういはいいですか。」

せんせいのこえにあわせて、もじをかいていく。えいたは、どうしてもうまくかけない。けしゴムでけしたところがきたなくなってノートがやぶれてしまいそう。

「ああ、もういやだよう。」

とつぶやいたそのとき、

「えいた、ぼくだよ。」

「え？」

ノートの上に、ちょこんとかわいいおにがすわっている。

めをまんまるくして、びっくりしているえいたに、

「えいた、わすれたのかい。ぼくだよ。あのときの、ちびおにだよ。」

「あのときって？」

さっぱりわからない。

「えいたにあえてよかったよ。」

ますますわからない。

ちびおには、えいたのノートをみて、

「おまえって、じがうまいんだな。」

えいたは、ちょっぴりうれしくなった。だって、じがうまいだなんていままでに、いちどもいわれたことがなかったんだもの。

「おれにもかかせてくれ。」

ちびおには、えいたのえんぴつにのぼってきて、かきはじめた。えいたのもっているえ

んぴつがかってにうごいていくかんじだ。

「どうだ。うまいだろ。」

えいたはわらいそうになった。うまいどころか、まるでらくがきだ。

「へたくそ。こんなの　はなくそだ。はなくそよりも、もっとへたくそ。」

といってやった。するとちびおには、

「はなくそたべたら、うーまい、うーまい。ベロベロバー。」

といいながらおどりだした。わらうと、まえばが2ほんぬけている。えいたとおんなじだ。ぺろっとしたをだして、めをむく。えいたは、このちびおにとどこかであったようなきがしてきた。

「ええっと、ええっと、どこだったっけ。」

「えいたくん、どうかしたの。」

せんせいがいった。

「だめだ、みつかる。」

えいたはむりやり、ちびおにをポケットにおしこめて、きちんとすわりなおした。

せんせいはえいたをみて、にこっとしただけだった。

フー。ともだちにも、きづかれていない。

「おい、でてこい。」

あれ、ポケットはぺしゃんこ。もっとびっくりしたのは、あいつがかいたらくがきみたいなものもきえていた。


それからも、ちびおには、ときどきやってきては、すぐにいなくなった。

いつもえいたのえんぴつにのぼって、えいたといっしょにじをかいていくかんじで。

そのときは、じぶんでもびっくりするほど、すらすらかけた。

「えいたくんのもじをごらんなさい。」

そういってせんせいは、えいたのノートを、テレビがめんにうつしだしてくれた。

「えいた、おまえってやつは、すごいな。」

ちびおにのこえがした。でもいない。

その日、えいたは、ゆめをみた。ちびおにのゆめだ。「ベロベロバー」といいあっては、わらっておいかけっこをしている。とおくににげすぎてまいごになっていると、ちびおにがみつけてくれて、あったかいところにもどしてくれる。

ゆらゆらとうかんでいるとすぐにねむくなってくる。ここはおかあさんのおなかのなか。

「きみとあえてよかったよ。」

「ぼくもだよ。」

「おなかからでたら、きみはわすれちゃうかもしれないけど、きみのことずっとすきだよ。ずっとそばにいるよ。」

えいたとちびおには、だっこしあってねむっていった。

えいたはゆめをみたことをすっかりわすれている。でもなんだかまいにちがうれしくてたまらない。みんなでうえたチューリップのきゅうこんのめも、オニのつののようなかたちでてきている。もうすぐえいたは二ねんせいになるのだ。

# のせて　のせて　のせて

作・藤本美智子
絵・有賀忍

ぼくじょうのおじいさんが、やっとのことで車《くるま》のめんきょをとった。
空が青い日、ピカピカのまっ白な車がとどけられた。
いちど、のりはじめると、車のうんてんは楽《たの》しくてしかたない。
おじいさんは、ひつじのいるぼくそう地《ち》にまで、車をのりいれた。
「これは、くるまというものだよ。しかも、空気をよごさないで走るんだ」
おじいさんはまどをあけて、ひつじたちに話しかけた。
ひつじたちは、遠《とお》くから見ている。
そのとき、
「おじいさあん、ちょっと来てくださいな」
おばあさんのよぶ声がした。
おじいさんは、車をおいたまま、いなくなった。

ひつじたちは、ゆっくりゆっくり、車に近づく。
ウィン　ウィーン

「わあ、こわい。これがくるまか」

おそるおそる、車をとりかこんだ。

こひつじのムクムクは走りよると、まどに足をかけて、なかをのぞきこむ。

「ムクムク、あぶないわよ」

おかあさんのひつじが、しんぱいそうにいう。

「ここから、はいれるよ」

ムクムクは、前足をのばしてまどのわくをのりこえると、うんてんせきにすべりおりた。

足がアクセルにふれたとたん、車はブワブワ、ふうせんのようにふくらんでいった。

フワフワン　ブイーン
「ひゃあ」

ムクムクは、目の前のハンドルにしがみついた。

車は、上へ上へと、のぼる。

「たすけてえ〜」

「ムクムクウ〜　ムクムクウ〜」

おかあさんの声が遠《とお》くなっていく。

「わあ、きもちいいよ～」

青い空を、ゆうゆうと走る。まどから、いきおいよく風がはいってくる。

「わーい、ホッホー」

アクセルをふみこむと、どんどんはやくなった。

「うわあ！」

いっぱい、ひつじがうかんでいる。

「きみたち、どうして空にいるの？」

ムクムクは、空のひつじたちにきいた。

「ずっといたよ。きみこそ、どうしてそんな大きなもののなかに、はいってるの」

「これは、くるまというものだよ」

ムクムクは、むねをはってこたえた。

「ふーん」

ひつじたちは車にからだをくっつけてくる。

「これにのれば、どこへだって行けるんだ」

「のせて」「のせて」「のせて」

空のひつじは、ふわわわふわわわ、車に、はいってきた。

車は、どんどんふくれた。

「くるまって、おもしろいなあ」

「ひゃあ、もうのれないよ」

車は、ヒュウーッと空をすべりおりる。

「わあ、あはは」

ズズズゥーッ　ズドーン
車は、ぼくじょうのまんなかへ、おちた。
ムクムクをまっていたひつじたちが、かけよってきた。
空のひつじたちが、ふわふわ、とびだす。
車は、ヒュルヒュルー、ちぢんでいく。

「空もいいけど、ここも、きもちいいなあ」

空のひつじは、草《くさ》の上を走りまわった。

ぼくじょうのひつじも、いっしょに走る。

「ぼくたちって、あんなふうに見えてたの？」

空のひつじは、雲《くも》をじっと見つめる。

おじいさんが、もどってきた。

「おかしいなあ、ひつじの数《かず》が多いような気がするけど……」

おじいさんは首をかしげながら、車にのりこんで、ぼくそう地の外に出ていった。


「また、車にのりたいなあ」

ムクムクは、うっとりした声でいった。

「ぼくたちものりたいなあ」

空のひつじたちがいったとき、フュフューン、風がふいた。

「わあ〜」

空のひつじたちが、とばされていく。

上へ上へと、のぼっていく。

「来てよかったよ〜」

「またあそぼうねえ〜」

# 「お水ですよ」

作・たかのとみこ
絵・やまなかももこ

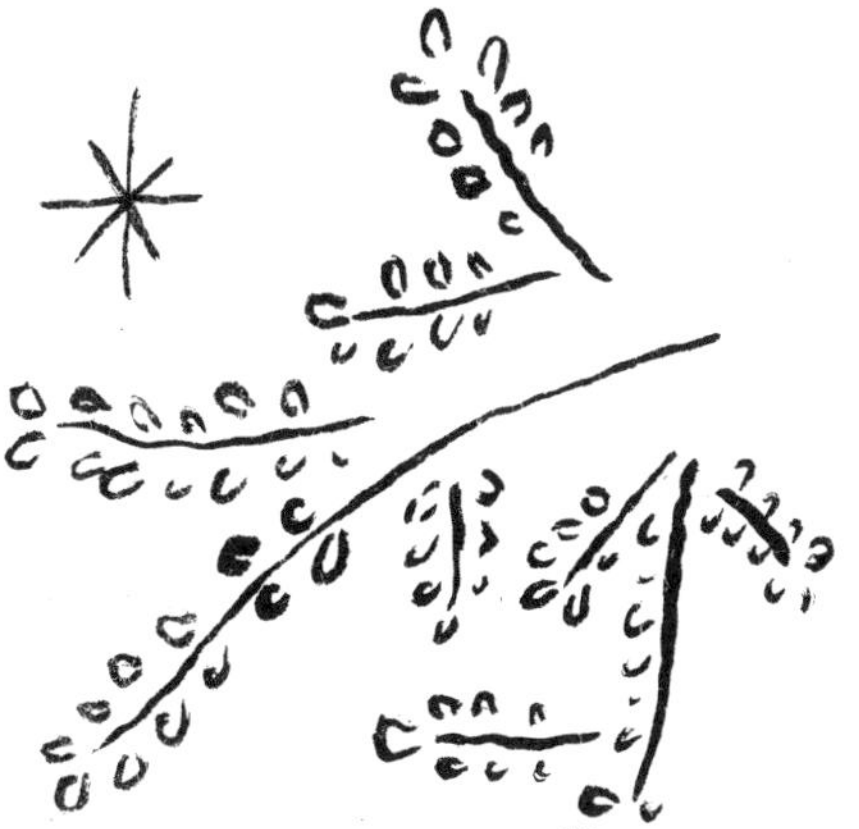

「イタイッ」。

朝、学校へ行く時に家の門の前で聞こえた声が、帰った時にも、また聞こえた。やっぱり、気のせいじゃなかった。でも、近くにだれもいない。もしかして、下水《げすい》の中……。下水のふたと道のすきまに、少し赤っぽい草が生えていた。それは、小さい葉《は》がいっぱいついているくきが5本くらい、地面《じめん》に広がっている。しゃがんでその草を見つめた。まさか、この草が？

「今《いま》、イタイッ、って、いった？」

「そうだ、早《はや》くその足をどけろよ。いつもふみつけられているから、おこっているんだぞ」

見たら、わたしの足は葉《は》っぱのはしをふんでいた。

「草なのにイタイの？」

「バカにするな、早くしろよ」

「分かったわ。ゴメンナサーイッ」

わたしはドキドキしながら自分の部屋《へや》にかけこんだ。ランドセルをおろして、イスにすわってもドキドキが続《つづ》いている。

「草がしゃべった！」

ビックリしたけど、だれにもいわない。いつだったか、わたしの失敗《しっぱい》をママとパパとおじいちゃんが大笑《おおわら》いした。「まなは、二年生になったのにバカだなあ」と、おじいちゃんがいちばんいっぱい笑った。すごくイヤだった。

夕方になっても、おこった草が気になった。イタイ目に合わせたんだから、おわびに水をかけてやろう。コップに水を入れて、こぼれないようにゆっくりと歩いた。あの草はあんなところに生えているんだから、水がうれしいだろうと思う。わたしがふんだせいでつぶれた葉っぱがもとにもどるといいな……。

もしかすると、おばけ草かもしれない。でも、あんなに小さいんだから、こわくなんかない。きれいな花でないただの草に水をやっているのを、だれかに見られていないか、キョロキョロ見まわしてから、そっと水をかけてやった。

「アアーッ、ビックリした！」

草が、またおこった。

「えっ、水、いらなかったの？」

「ううん、いる、いる。オレ、水、もらったことないからビックリしたんだ。ありがとう」

「じゃあ、明日も、お水、もって来るよ」

わたしが立ち上がったとき、おねえちゃんが来た。おねえちゃんというのは、パパの妹《いもうと》で、もうすぐ結婚《けっこん》する。気をつけたのに、やっぱり見られてしまった。

「おねえちゃん。草だって水がほしいよね」

「そうよ。まなちゃんはこの草がすきなの？」

おねえちゃんは、わたしをバカにしなかった。だけど、やっぱり草がしゃべったなんていえない。

「水をやったら、あっちの草のように大きくなるよねえ。そうすれば、だれにもふまれなくなるし、空だけでなくていろんなものが見えるかもしれないな、と思ったの」

「そうお、やさしいんだね、まなちゃんは。でもね、この草は地面《じめん》の近くを広がって、上にはあまりのびないかもしれないよ」

その夜、

「まなちゃん、ちょっと来て」

おねえちゃんが、パソコンの前で、わたしをよんだ。

「まなちゃんが水をやったのは、きっと、コニシキソウという名前《なまえ》だわ。やっぱり、せいたかのっぽさんにならない草らしいわよ」

「ふうん、コニシキソウ。あんなに小さくても名前があるんだね。じゃ、コニシキソウのむこうにあった草にも名前があるの？」

「葉っぱが細長《ほそなが》くて先っぽがとがっている草のことね。そうよ、みんな名前があるのよ」

「じゃあ、あの草の名前もおしえて」

「あのね、あんな葉っぱの草はいっぱいあるから、わたしは花がさかないと分からないわ」

「そうなの？　じゃ、大きくなって花がさくように、水やりをつづけようかな」

「やってごらん。どんな花かしらね」

「いつごろさくかな？　おねえちゃんがおよめさんに行ってしまったあとだよねえ……」

つぎの夜。おねえちゃんが「はい、プレゼント」といって「学校の近くのざっそう」という本をわたしてくれた。

「コニシキソウがのっているよ。あのとんがり葉っぱの草も花が咲《さ》いたら、その本でわかるかもしれないわね」

毎日《まいにち》、夕方になると、わたしはコニシキソウと名前の分からない草に水をやる。

「コニシキソウさん、お水ですよ」

「サンキュウ」

名前のわからない草は、フンともスンともいわない。でも、きっと花はさく。「きれいな花じゃないと思うよ」っていわれたけど、どんな花だろう。

「ねぇ、コニシキソウさんにも花がさくの？」

「うん。だけどね、すごく小さくてだれも見やしないのさ」

「わたしが見てあげる。がんばってね」

わたしは今《いま》、こんなきれいでない草に水をやっているのを、ママに笑《わら》われてもいいと思いはじめている。

# 天使のゆり

作　宮本美智子
画　深沢　葉子

あいかは、日曜日《にちようび》はいつもおばあちゃんの家に来て、花畑で遊《あそ》びます。今日も昼《ひる》ごはんの後、花のまわりをスキップしていると、どこからか声が聞こえてきました。

みてみて　わたしの　花びらドレス
きてきて　風のワルツで　おどろうよ
ねぇねぇ　歌やピアノ　きかせてよ

花たちが、おねだりしているのです。

「いいよ」

あいかは、歌《うた》をうたいながら、花たちとダンスしました。

まっかな花びら　くるん　くるん　くるん
みずいろはなびら　ふわん　ふわん　ふわん

それから、ピアノの部屋《へや》に行こうとした時、ゆりの葉《は》っぱに止《と》まっている虫をみつけました。葉っぱの上のきいろい花の中にも、もう一匹《ぴき》いました。

「あいかちゃん、何してるの？」おばあちゃんが、庭《にわ》におりてきました。

「虫さんが、お花の中で遊《あそ》んでるよ」あいかは、虫をゆびさしました。

「あら、この虫、また来てる。よっぽど、ゆりが好《す》きなのね。そういえば私も『天使《てんし》のゆり』が咲《さ》くころは、いつも山に遊びに行ったけどね」

おばあちゃんは、なつかしそうに言いました。

そして、縁側《えんがわ》にこしかけて「天使のゆり」のおはなしをしました。

「私が子どものころは、野原や山に白やピンクのゆりの花が、いっぱい咲いていたよ。とても美《うつく》しい花なので、子どもたちは、『天使のゆり』って呼《よ》んでたわ。その花が咲くと、大きい子も小さい子もさそいあって、山に遊《あそ》びに行ったの。『天使のゆり』の花びらは、なぜかお菓子《かし》の匂《にお》いがして、口に入れると甘《あま》くておいしかったの。

そしてね、子どもたちは、相談《そうだん》したよ。『天使のゆり』は、野山《のやま》で咲《さ》いている姿《すがた》が一番《いちばん》美しいから、持って帰《かえ》るのは、ひとり一本ずつにして、あとは残《のこ》してあげましょうって。それで、みんな一本ずつ手に持って、夕暮《ゆうぐ》れの山道を帰《かえ》ったの」

「おばあちゃんは、ゆりの花びらを食べたの？」

「ええ、でも『天使のゆり』の花びらだけよ。ほかのゆりは、食べたことないわ」

「あいかも『天使のゆり』を、見に行きたいな」

「残念《ざんねん》だけど、このごろは、その花は咲かなくなったの。私は、何十年も見てないわ。ずっと昔《むかし》、花の精《せい》からもらった花びらを、おし花にしたのが、一枚《まい》だけ残っているけど……」

「花の精って、だあれ？」

「お花の中に住《す》んでいる、きれいな女の人よ。さぁ、そろそろ、お昼寝《ひるね》の時間だわ」

ふたりは障子《しょうじ》の部屋《へや》に入ると、たたみの上にねころびました。そして、花びらもようのタオルケットを一緒《いっしょ》にかけました。おばあちゃんは、あいかの耳もとで童謡《どうよう》をうたっていましたが、いつのまにか眠《ねむ》ってしまいました。

あいかは、目をつぶったまま、まだ見たことのない「天使《てんし》のゆり」や花の精《せい》のことを、考えていました。すると、

雪より白い　ゆりの花
うっすらピンクの　ゆりの花
お山にどっさり　咲《さ》いたとさ

ちょうがうわさを　していたよ

花たちが、おしゃべりをしているようです。いったい何のことでしょう。あいかは、そっと障子《しょうじ》をあけて、庭《にわ》に出ました。花たちは、急《きゅう》に静《しず》かになりました。

「あそぼうよ」

むこうの野原で、だれかが呼《よ》んでいます。見ると、おさげ髪《がみ》の女の子が、小さなカゴを持って、立っていました。「だあれ？」

「私は、ゆうこ。みんな『ゆうちゃん』って呼《よ》ぶよ。五年生なの。これから『天使のゆり』を見に行くの。あいかちゃんも行こうよ」

ゆうちゃんは、しゃがんで、あいかと手をつなぎました。きれいに編《あ》んだおさげ髪《がみ》から、石《せっ》けんの良《よ》い匂《にお》いがしてきました。

その時です。

一枚《まい》の白い花びらが、ひらひら舞《ま》いおりてきました。

「まぁ、きれい」ゆうちゃんが、てのひらで受《う》けとめました。それは、光にかざすと、

ガラスのようにすきとおる、美《うつく》しい花びらでした。
（虫さんみたいに　小さくなって
　花びらに乗《の》って　空を飛《と》びたい）
あいかが、そう思った時、ふたりとも
ふわりと体《からだ》が浮《う》き上がりました。ふわり、
ふわり。なんと、ふたりは一枚《まい》の花びら
に乗って、空へ舞《ま》い上がっているのです。
「うわぁい、うわぁい」ふたりは大よろこび。花びらは、ゆっくりと、だんだん
高く上がっていきました。おばあちゃんの家も、花畑《はなばたけ》も野原《のはら》も、ずんずん小さくなります。川も橋《はし》も線路《せんろ》も、おもちゃみたいに見えました。

そうして、それらの景色《けしき》は遠《とお》ざかり、町全体が七色の絵《え》の具《ぐ》をとき流《なが》したように見えたかと思うと、あわくぼやけて消《き》えました。

そよ吹《ふ》く風に　さそわれて
花びら旅行《りょこう》に　いきました
私の住《す》んでる　花の町
花カゴみたいに　見えました

ゆうちゃんが、たのしそうに歌《うた》いました。

それは、あいかが眠《ねむ》る時、たえずどこからか聞こえてくる、やさしい声と似《に》ていました。

なだらかな丘《おか》が見えると、花びらは低《ひく》く飛《と》びました。ゆうちゃんが、大声で言いました。

「思ったとおりだよ。木いちごが、あんなに熟《じゅく》してる。帰る時、カゴにいっぱい摘《つ》んで、お母さんにあげよう」

ほんとうにその丘《おか》の上の数本の木は、まっかないちごを、たくさん実《みの》らせていました。

そして、枝々《えだえだ》を地面近くまでさしのべて、子どもたちが来るのを待っているようでした。

やがて、ふたりは目を見はりました。むこうの山の斜面《しゃめん》に、無数《むすう》のゆりの花が、星《ほし》のように光っていたからです。

「あれが『天使のゆり』よ。私の大好《だいす》きな花なの。あいかちゃんも好きでしょう？」

「うん、あいか、とっても見たかったんだ」

花々は、近づくにつれて色や形がはっきりしました。白いゆりにまじって、ピンクのゆりも見えました。つぼみが大きくふくらんで、明日は咲《さ》きそうなのもありました。

その中の、まっ白い大輪《たいりん》のゆりの花のそばに、ふたりを乗せた花びらは静《しず》かに舞《ま》いおりたのです。


「ようこそ、お待ちしておりました」

花の中から、白いレースの服《ふく》を着《き》た、美《うつく》しい女の人が出て来ました。

「こんにちは、ゆうこです」「あいかです」ふたりは、ペコンとおじぎをしました。

「私は『天使のゆり』の花の精《せい》です。どうぞお入りください」

女の人は長い廊下《ろうか》の奥《おく》の、花の広間《ひろま》へ案内《あんない》しました。

そこは、床《ゆか》も天井《てんじょう》も、テーブルも、なにもかも雪のようにまっ白でした。窓《まど》のレースのカーテンごしに、日光が明るい日ざしを投《な》げかけていました。

「さあ、めしあがれ」テーブルに、花びらティーとお菓子《かし》が用意してありました。

「ありがとう」「いただきます」

つめたい花びらティーは、コップの中でラムネのようにすきとおり、ピンクの花びらが浮《う》かんでいました。

そして、銀《ぎん》の皿《さら》に乗っているお菓子《かし》のおいしいこと！　ゆりの花びらを何枚《なんまい》も重ね、花のみつをかけて焼《や》いたというそのお菓子。口に入れるとほんのり甘《あま》く、舌《した》の上でとけてくずれました。

おやつの後で、葉《は》っぱのベランダに出ると、すぐ近くで少女《しょうじょ》がバイオリンをひいていました。少女は、花のつゆの妖精《ようせい》でした。

「私の命《いのち》は今日だけです。でも今日一日のうちに、ばら色の雲や山々の緑《みどり》、谷川《たにがわ》の流れなど多くの美しいものを、透明《とうめい》な体に映《うつ》すことができました。もうすぐ消《き》えるその前に、私の心のきらめきを、バイオリンの音色《ねいろ》にひびかせたいのです」

少女は、にっこりほほえむと、ふたたび演奏《えんそう》をはじめました。

清《きよ》らかな調《しら》べは、木立《こだち》を縫《ぬ》い、山なみをつたって、空の湖《みずうみ》へ静《しず》かに流れていきました。

気がつくと、虫が二匹《ひき》、そばに来ていました。おばあちゃんの庭《にわ》にいた虫です。

「あいかちゃん、楽しい歌《うた》やピアノ、いつもありがとう。また、花畑で会いましょう」

虫たちは、羽《はね》をブンブン回転《かいてん》させて里《さと》の方《ほう》へ飛《と》んでいきました。

風がほほをなでました。

まわりの「天使のゆり」は、ランプをともしたように、ほのかにすきとおっていました。花の中で、おやつを食べたり、本を読んだりしている子どもたちの姿《すがた》が、遠《とお》くに近くに見えました。

「今日は『天使のゆり』が、一年中で最《もっと》も多く咲《さ》く日なのです。それで、パーティーを開いて子どもたちを招待《しょうたい》したのです。

おふたりとも、今日の美しい思い出を、いつまでも心に残《のこ》しておいてくださいね」

女の人は、ふたりの肩《かた》に手をおきました。やわらかな、やさしい手でした。

あいかは、おばあちゃんを思い出しました。

「私、もう帰る」

「じゃあ、家の近くまで送《おく》ってあげるね」ゆうちゃんは、あいかの手をとりました。

「それでは、これをあげましょう」

女の人は、一枚《まい》のゆりの花びらを、ゆうちゃんに渡《わた》しました。

「おふたりとも、しばらく目を閉《と》じてください」

目をあけると、あいかは、おばあちゃんの家の、障子《しょうじ》の部屋《へや》にいました。

「ただいまぁ！　おばあちゃん」大声で叫《さけ》びましたが、おばあちゃんは、花びらもようのタオルケットをかけたまま、横《よこ》を向いて眠《ねむ》っています。

「おばあちゃん！」もういちど大きな声で呼《よ》んで、背中《せなか》に抱《だ》きつくと、その髪《かみ》の毛《け》から、石けんの良いかおりがしてきました。

# くじびき

作・古川奈美子
絵・篠崎三朗

ぴーひゃら、ぴーひゃら、どんどんどん。おはやしのふえやたいこの音がにぎやかにきこえてきます。

二学期《がっき》になってはじめての土曜日《どようび》。きょうは熊野神社《くまのじんじゃ》のお祭《まつ》りです。

ぼくはきょうのお祭りで絶対《ぜったい》に買いたいものがあります。赤ちゃんくらいの大きさで手や足をじぶんで組《く》み立てるウルトラマンです。それはとても高いので誕生日《たんじょうび》やクリスマスにも、もらえません。

だからときどきおもちゃやさんに見にいきます。でも、きょうはおまつりの屋台でうっているそうです。

ぼくは、今日はチャンスだ！　とおもって家に帰るなりお母さんにたのみました。

「お母さん、お祭りにつれてってよ。早く」

「もう少ししたら、お店もたくさん出て、にぎやかになるから。待っててね」

でも、ぼくは待てません。なんとかして今日こそ買わなければと思って本だなからちょきんばこを持ってきて耳もとでふってみました。だいじょうぶ買えそうです。かぞえてみると中には八百《ぴゃく》二十円《えん》入っていました。おじいちゃんのおてつだいをしてためたお金《かね》です。

「これでウルトラマンを買おうっ」とぼくはきめました。三時ごろになって、となりのしょうちゃんがぼうしをかぶって迎《むか》えにきました。

「けんちゃん。お祭りにいこうよ」

「しょうちゃん、おこづかいもってきた？」

「うん、ぼく、二千円《せん》もらってきたよ」

「へー、二千円も？　いいなあ。ぼく、八百二十円なの。お母さーん。しょうちゃん二千円もらったんだって。ぼくも二千円ちょうだーい。ねえ、二千円！」

ぼくはお母さんにぶらさがってうそ泣《な》きをしてたのみましたがお母さんはいいました。

「しょうちゃんは五年生でしょ。けんちゃんはまだ二年生だから二千円はだめなのよ」

「けんちゃん、はやくいこうよ」

しょうちゃんの声が聞こえます。

ぼくはしかたなく八百二十円をもっていくことにしました。

「お母さーん、お祭りにいってきまーす」

「暑《あつ》いからぼうしをかぶっていきなさい」

お母さんはそのあと、まだ何か言ったようです。でも、もうぼくには聞こえていませんでした。

おかしやの岸《きし》さんの前を通《とお》って、やおやさんのかどをまがると、ぴーひゃらというおはやしの笛《ふえ》やたいこの音がさっきよりも、もっと大きく聞こえてきました。うれしくなって、ぼくとしょうちゃんは、走りだしました。おさいふはポケットにしっかり入っています。

荒川《あらかわ》小学校のところまできたとき、女の子たちが着物《きもの》をきて赤いおびや黄色のおびをむすんで歩いていました。おとなの人がいっぱいで前が見えません。しかたがないのでぼくたちはみんなの後からのそのそと歩きました。

やっと、境内《けいだい》に入ると、赤や青や黄色のふうせんをゆらゆらとゆらして売っていました。

次《つぎ》の店はあんずあめやさんでした。

その次の店はわたがしやさんです。どこからかイカをやいている、おしょうゆのこげたにおいがしてきました。

また、次の店を見たとたんに、ぼくは思わ

ず「ウルトラマンだ」と叫《さけ》びました。

テントの中の一番高いたなの上にねんがんの大きなウルトラマンがいたのです。赤と銀《ぎん》色《いろ》のスーツの胸《むね》にはパチパチと青く光る大きなランプがついています。カラー・タイマーです。腕《うで》や足がほんとに動きそうです。

ぼくとしょうちゃんは「かっこいいなあ」といってそのウルトラマンを見上げました。ウルトラマンもぼくを見ています。ぼくたちはウルトラマンにつかまえられてしまったように動けなくなりました。

「けんちゃん、ウルトラマン買おうよ？　ぼくあの大きなウルトラマンがほしいんだ」

「うん、ぼくも」

そんなぼくたちを見ていた店のおじさんが近よってきました。

「これはくじで買えるんだ。一回ひくと百円だよ。あたったらこの大きいウルトラマンをあげる。ほかに、ゴレンジャーも、あたるよ。すごいだろう。くじを引くかい？」

ぼくたちはごくんとつばをのみこんでいっしょに「うん」といいました。

しょうちゃんはさっそく、にこにこして千円札《さつ》をだしました。

「おじさん、ぼく五回、くじ引くね。おつりちょうだい」

しょうちゃんはくじびきの台《だい》の前に立ちました。もう当たったような顔です。

ぼくはくじびきの台をはじめて見ました。

台はクッションくらいの大きさで、小さな箱《はこ》が窓《まど》のように並《なら》んでいます。上から下へ1．2．3．4．5．6．7．8．と番号《ばんごう》が書いてあります。番号は八列《れつ》ありました。

しょうちゃんは手につばをつけて「よし」とがんばって、まず、くじの台のまん中の窓をびりっとやぶりました。小さな紙《かみ》がでてきて「はずれ」とかいてあります。しょうちゃんはがっかりしたように「あれぇ」と言いました。

「はい。はずれの人はこれだよ」

おじさんはにやりと笑《わら》って赤い七センチほどの小さな赤いプラスチックのウルトラマン

を一つくれました。

ぼくも五回引くことにしました。緊張《きんちょう》してくじの台の一番上の角《かど》の窓《まど》をびりびりとやぶりました。中から小さな紙がでてきて、「はずれ」とかいてありました。がっかりです。

おじさんはぼくにも小さな赤いプラスチックのウルトラマンをくれました。あの大きなウルトラマンはまだたなの上にあります。

ぼくが二回目はどこの窓にしようか迷《まよ》っていると、いつのまにか子どもや大人の人が五人も六人も集まってきて、みんなぼくをじっと見つめています。

ぼくは次に一列目「2」の窓のくじをひきました。おじさんはこんども、にやりと笑いながら「はずれ」といって、小さいウルトラマンをくれました。

次にぼくがでたらめに引くとやっぱりおじさんはにやりと笑って「はずれ」といいました。

見ていた人たちはげらげら笑っています。ぼくはくやしくてなきそうになりました。ぼくの手には赤いプラスチックの小さなウルトラマンが三こもきてしまったからです。

ぼくは「こんどこそあたりますように」とお願《ねが》いして二列目の「2」のまどをやぶりま

した。

するとき、こんどはまあ、びっくりです。ゴレンジャーの赤があたりました。ぼくは最後《さいご》に三列目の「3」をひくと、又《また》びっくり、ゴレンジャーの黄があたりました。でも、ぼくの五百円はもうありません。たなの上のウルトラマンをにらみました。あのウルトラマンがあたるとおもったのに残念《ざんねん》で、なみだがぽろぽろおちました。

しょうちゃんは、それまでぼくをじぃーっと見ていましたが突然《とつぜん》、大声でいいました。

「あっ。けんちゃん。あたるルールがわかったよ。ぼくがぜったいにあててやる。けんちゃんが二列目の『2』で、ゴレンジャーの赤をあてたでしょ。その隣《となり》の三列目の、『3』に黄レンジャーがあった、だから次に隣の四列目の『4』を引くと緑が当たるよ」

しょうちゃんは算数問題《さんすうもんだい》をとくようにゴレンジャーがならんで入っているルールをみつけたというのです。そんなむずかしいことはぼくにはわかりません。それからしょうちゃんは決心《けっしん》したように、まじめな顔をしてくじをひきました。

しょうちゃんの予言《よげん》どおりにほんとうに五列目の「5」でゴレンジャーの黒があたりました。そして六列目の「6」で青をあててしまいました。

「わーい。やったあ。ゴレンジャー全部《ぜんぶ》だ」

「ほんとだ。よかったね、しょうちゃん」

とぼくたちはうちょうてんでした。

今、ぼくたちの前にはゴレンジャーがずらりと並《なら》んでいるのです。

「その計算《けいさん》からいくと七列目の「7」ではかならずあのウルトラマンがあたるんだよ」

このしょうちゃんの声を聞いたとたん、中からおじさんが飛《と》び出してきました。

「ずるするなよ」

おじさんはぼくたちを横目《よこめ》でちょろちょろ見ながら、立ったり座《すわ》ったりしてうろうろしています。しょうちゃんが、「ぜったいにあててやるぞ」と念力《ねんりき》をかけたとき、おじさんはいいました。

「どうせはずれさ」

でも、しょうちゃんは予言《よげん》のとおりのくじの窓をひきました。出てきた紙《かみ》をひろげると、

「わーい。すごいぞー。ぼくの計算があたったー。大きなウルトラマンがあたったぞー。ばんざーい。ぼくがあてたんだ」

「すごいなぁ。しょうちゃん、頭いいねぇ」

とぼくがとびはねて叫《さけ》んだとき、おじさんは急《きゅう》に、

「だめだ。だめだ。おまえにはやらないよ。このウルトラマンは店の見本だから手も足も動かないよ。つまらないだろう?」

と、すごいけんまくでどなりました。

「おじさん。そんなうそついちゃいけないんだよ。ほんとは本物で動くんでしょ。ぼくがあてたんだから、ぼくのだよ」

と、しょうちゃんがひっしにいうとおじさんはもっとこわい声でいいました。

「こら、ぼうず。いいかげんにしろ。もうみせはおしまいだ、おしまいだ。おじさんはいそがしいから帰るぞ」

おじさんはどなりながら、とても急《いそ》いでくじの箱《はこ》や道具《どうぐ》とあのウルトラマンをがちゃがちゃ片付《かたづ》けて、あわてて帰って行きました。「あーあ」ぼくはがっかりしました。でもなんだかへんです。あれはきっと本物だったと思います。ぼくたちはだまされていたことに気がつきました。

おじさんがかえったあとにはパチパチ青く光るカラー・タイマーが落《お》ちていました。それは大きなウルトラマンが奇跡《きせき》をおこす、ものすごいランプです。ぼくは、とびついてランプをひろいました。そして両手《りょうて》でしっかりカラー・タイマーをにぎりしめどきどきしてみつめました。

学校で、給食のとき並《なら》んでいると力持ちのワタくんが、ぎゅうっとわりこんできます。いやだけれど、ぼくはいつも「どうぞ」と一歩下《ぽさ》がるのです。でもあしたからは「だめだよ。並んでよ」と元気を出していいます。

ぼくには小さなウルトラマンが三人います。そして大きなウルトラマンのランプもあります。超能《ちょうのう》力《りょく》のランプです。ぼくはもう大丈夫《だいじょうぶ》。

# 天狗と野菜売り

作・山瀬邦子

絵・まえだけん

大きな山の麓《ふもと》に古《ふる》い薬師堂《やくしどう》があった。堂の周《まわ》りには「天狗の大杉《おおすぎ》」と呼《よ》ばれる天まで届《とど》きそうな大きな杉の木が生《お》い茂《しげ》り、木の根がうねうねと地表《ちひょう》を這《は》っていた。その山には薬師様《さま》をお守《まも》りしている大天狗《おおてんぐ》とまだ修業中《しゅぎょうちゅう》の小天狗《こてんぐ》がすんでいた。天狗は木から木へ、枝《えだ》から枝へと跳《と》び歩き、天狗のウチワで自由自在《じゆうじざい》に風をおこし、お参《まい》りに来た人や、ふもとの人々の暮《く》らしを見ていた。そのなかに大杉を見上げて、

「天狗さん、こんにちは」

と大きな声であいさつする女の子がいた。おかっぱ頭に赤い頬《ほお》の女の子は「てまり」という名で、薬師堂のそばの茶店《ちゃみせ》の一人娘《むすめ》だ。

小天狗はその声を聞くとうれしくなってトントンと高下駄《たかげた》の音を軽《かろ》やかに響《ひび》かせてお山の見回りに出かけた。しかし「てまり」は大きくなるにつれ、天狗に声をかけることがなくなった。

参道《さんどう》には親子の野菜売りがいた。ずんぐり着膨《きぶく》れした親父《おやじ》さんは、買ってくれたお客《きゃく》に

「うまいから食べてみて」

といって、黒い汁《しる》に漬《つ》けたキュウリをおまけにつけている。

息子《むすこ》は久太郎《くたろう》といい、大きな体でのっそりしているので、周《まわ》りからは「愚太郎《ぐたろう》」とよばれて馬鹿《ばか》にされている。それでも本人は知らん顔で黙々《もくもく》と畑で薬草《やくそう》の栽培《さいばい》に励《はげ》んでいた。

ある日、大杉のうえにいた小天狗は、てまりの父親である茶店の主人《しゅじん》が客《きゃく》に話しかける声がきこえた。

「お客さん、参道の道ばたで野菜を買ってはいけませんよ。あの親子が売っているのはクズ野菜で、真っ黒なキュウリの漬物《つけもの》なんか、食べたらたちまち腹をこわしますよ」

小天狗は、なぜ茶店の主人が野菜売りの悪口をいうのか大天狗に問うた。すると、

「主人の一人娘《むすめ》がひどい腹痛《ふくつう》を起こしてから一向《いっこう》に良くならないのだ。主人は娘が病気になったのは、野菜売りのキュウリの漬物を食べたせいだといっているのじゃ」

と答えた。てまりが重《おも》い病気と聞いて小天狗は心配でたまらなくなった。

「だからここしばらくの間、てまりの姿《すがた》が見えなかったのですね。少し前、茶店の主人は珍《めずら》しく薬師様《やくしさま》を長い間拝《おが》んでいましたが、あれは病気平癒《へいゆ》の祈願《きがん》をしたのでしょうか」

「たぶんな。だが薬師様のご利益《りやく》にはあずかれなかったということじゃ」

「それなら天狗の術《じゅつ》を使って、なんとか娘さんを元気にできないものでしょうか?」

「医者《いしゃ》にも薬師様にも治《なお》せぬ病人を、どうして天狗の妖術《ようじゅつ》で救《すく》えるものか」

大天狗のこたえはにべもない。

『大天狗様はガンコで融通《ゆうずう》がきかないし、薬師様はただ澄《す》ましておられるだけだ。天狗の術を困《こま》っている人のためにさえ使えないのなら、いったいおれは何のために修《しゅ》行《ぎょう》をしてきたのかわからない』

小天狗はもどかしさに赤い顔がもっと赤くなった。そんな小天狗の気持ちを大天狗はちゃんとお見通しだ。問題は小天狗が人間の情《じょう》を持ちすぎていることなのだ。

「お前はいまやるべき修行を怠《おこた》るのではないぞ。娘《むすめ》に同情して術《じゅつ》を使い、人間の食べ物

を食べて、卑《いや》しい人間界《かい》に追放《ついほう》されるようなことがあってはならぬ」

大天狗が繰《く》り返し注意をするのは、小天狗に留守《るす》を任《まか》せて遠くの山で開かれる天狗の大集会に行くからだ。

その出発の日、大天狗はさらに念《ねん》を押《お》した。

「よいか、気をゆるめてしくじるではないぞ。せっかく得《え》た神通力《じんずうりき》が失《う》せてしまうからな」

そう言って、フクロウに姿《すがた》を変えて大天狗は集会の開かれる山へ飛《と》んでいった。

小天狗は張《は》り切った。一人で広い山を回《まわ》り、荒《あ》れた道を直《なお》し、草木の種《たね》をまき、倒《たお》れた若木《わかぎ》を起《お》こし、怪我《けが》をした動物たちの手当《てあて》をして大杉へ戻《もど》ってくるとくたくたになっていた。

ふと見ると、野菜売りの親子が昼飯《ひるめし》をとっているのが見えた。親父《おやじ》さんは食べおわるとゴロンと横《よこ》になり高いびき。息子《むすこ》の愚太郎《ぐたろう》は残っていた握《にぎ》り飯《めし》を手にとった。

それを見て小天狗はきゅうに腹が減《へ》って、ゴクリとつばを飲《の》み込《こ》んだ。天狗の食事はいつも木の実や豆《まめ》、ゴマに薬草《やくそう》などを丸《まる》めたものだ。白い握り飯が何ともうまそうだ。思わ

ず大天狗の戒《いまし》めもわすれ、破《やぶ》れウチワで、

「こっちへ来い」

と招《まね》き寄《よ》せパクリとほおばった。

「うまい！」

驚《おどろ》いたのは愚太郎《ぐたろう》だ。手にしていた握り飯が突然消《とつぜんき》えたのだ。キョロキョロと辺《あた》りを見回し、カラになった手をみて首をひねると気を取り直し、今度はキュウリをとった。

「おや、こんどは例《れい》のキュウリだな。どれほどまずいのか味見《あじみ》としよう」

またも小天狗はこっちへ来い、とキュウリを招《まね》き寄《よ》せて食べた。ところが、

「こりゃうまい！」

といったとたん、ドスンと木から落ちてしまった。

「しまった！　天狗は人間の食べ物を食べると力がぬけると言われていたのに」

後悔《こうかい》したがもうおそい。親父さんが目を覚《さ》まし、愚太郎が「あっ！」と声を上げた。

「おとっつぁん、こいつがおいらの握り飯とキュウリをとったんだ」

「すまなかった。しかしうまかった」

小天狗がつぶやくと親父さんが得意そうにニヤリとした。小天狗は癪《しゃく》に障《さわ》った。

「何がおかしい。お前たちのキュウリを食べて、茶店の娘が重い病気になったのだ。おれは天狗の術《じゅつ》で娘の命を助けたいのに、馬鹿《ばか》なことをして神通力《じんずうりき》が消えてしまった」

小天狗は苦しんでいるてまりを救《すく》えなくなった情けなさにポロポロと悔《くや》し涙《なみだ》を流した。

「お前はあの娘が好きなのだな。だが、あの娘は高慢《こうまん》ちきで、息子《むすこ》がやったキュウリを目の前で汚《きたな》いと言ってすてたのだよ」

「なんだと。あの娘は昔はとても優《やさ》しい心の持ち主だったのに」

「何か心に悩《なや》みがあるのだろう。それにしても、握《にぎ》り飯《めし》ひとつ食ったくらいで消《き》えてしまう天狗の神通力とは、なんとたよりないことよ」

親父《おやじ》さんのいった言葉が、小天狗のくすぶっていた心に火をつけた。

『天狗の術は妖術《ようじゅつ》で、人を救《すく》うことなどできぬという。だが俺《おれ》は天狗界を追放《ついほう》されてもよいから、何とかてまりを救いたい』

そう決心してふと目をやると、愚太郎がこちらにキュウリをさしだしている。親父さんが「それを娘にたべさせてやれ」と言った。

「そのキュウリは愚太郎《ぐたろう》が栽培《さいばい》した薬草《やくそう》で漬《つ》けてある。どんな病《やまい》にも効《き》くはずだ」

小天狗は包みを受け取って思わず親子の顔を見比べた。二人とも優《やさ》しくも厳《きび》しい目だ。

「ひょっとすると親父さんたちは、薬師様のお使いではないのか?」

「へっ、とんでもない。息子と少しばかりの野菜を作って、ここで売っているだけだ」

「薬草もな」

愚太郎が付け加えた。親父さんがウンウンとうなずいた。

空ではカラスどもが神通力《じんずうりき》をなくして地べたを歩く小天狗に、ヤメロ、ヤメロとでも言うようにギャアギャアと鳴き騒《さわ》いでいた。

茶店についていて、小天狗は座敷《ざしき》をそっとのぞいた。しばらく見ないうちに、てまりは大人《おとな》びて痩《や》せ細《ほそ》っていた。そばに置かれた粥《かゆ》を食べた様子《ようす》はなかった。傍《かたわ》らの父親は白髪《しらが》が増《ふ》えたようだ。小天狗が最後の力を振《ふ》り絞《しぼ》り呪文《じゅもん》を唱《とな》えると、瑠璃色《るりいろ》の光とともに小天狗の姿が薬師様に変化した。驚《おどろ》いてひれ伏《ふ》す父娘《おやこ》の頭上に厳《おごそ》かにつげた。

「この度《たび》の病《やまい》の元《もと》はおのれの心の内にある。すべてを告白《こくはく》して罪障《ざいしょう》をとりのぞくがよい」

娘は顔を上げ、小天狗が化《ば》けた薬師様に心の苦しみを打ち明けた。

「私は、寂《さび》しさから、悪《わる》い友達と付き合い、彼《かれ》らが愚太郎の畑を汚《よご》したり、蹴散《けち》らすのを見ていました。そんなことをされたとも知らず、愚太郎は私に、キュウリをくれたのです。私はそれを汚《きたな》いといって目の前で捨《す》ててしまいました。愚太郎はとても悲《かな》しそうな目で私を見ました。あの日からどのようなごちそうが並んでも心が咎《とが》めて何も食べられなくなりました。きっとお薬師様のバチがあたったのです」

父親は「いやいや、そうではない。悪いのは私です」と娘《むすめ》を制《せい》した。

「私は店に夢中《むちゅう》で、娘が悪い友達と遊《あそ》んでいるのをうすうす知りながら見て見ぬふりをしていたのです。娘が元気になったら、まず薬師様にお礼をして、愚太郎に詫《わ》びます」

薬師様は指に挟《はさ》んだキュウリを娘に差《さ》し出した。

「このキュウリには愚太郎が育てた薬草《やくそう》が入っている。食べるが良い」

てまりは告《つ》げられるままに一口食べると「おいしい」とつぶやいた。

その夜、大天狗が集会から帰ってきた。留守中《るすちゅう》の出来事を残《のこ》らず聞くと大天狗は

「あれほど言うたのに」

と嘆《なげ》いたが、掟《おきて》に逆《さか》らうことはできない。小天狗はてまりを助けることができた満足《まんぞく》で後悔《こうかい》はなく、大天狗が羽《は》ウチワをバサッと振《ふ》り下ろすと、天狗世界から追放《ついほう》された。次の瞬間《しゅんかん》から小天狗の魂《たましい》は漆黒《しっこく》の闇《やみ》をさまよった。その暗闇《くらやみ》に小さな灯《あか》りが点《とも》った。

薬師様が夢《ゆめ》に現《あらわ》れて、茶店《ちゃみせ》の娘《むすめ》の病《やまい》が治ったと言う話は大評判《だいひょうばん》になった。娘は毎日、薬師様に灯明《とうみょう》を供《そな》えた。

やがて娘は正直《しょうじき》で赤ら顔の男とであい、夫婦《ふうふ》になった。男は愚太郎と友になり、薬草を丸薬《がんやく》にして売り出すと、病に苦しんでいた多くの人々が救《すく》われたという。

# ぼくを呼《よ》んだのは

作・下花みどり
絵・宮下泉

動物《どうぶつ》が大好きなあつしは、テレビにうつっているモモンガを、じっと見つめていた。画《が》面《めん》は夜の森の中。リスににたモモンガが木の上をチョロチョロと動きまわっていた。種類《しゅるい》は北海道《ほっかいどう》にだけいるエゾモモンガだ。そして、こんどは突然《とつぜん》、モモンガがパッとマントのようなものを広げて木から木へと飛《と》びうつった。

「すごい！　モモンガって飛べるんだ！」

モモンガが飛ぶところを初《はじ》めて見たあつしは、思わず手をたたいてよろこんだ。

「なにがそんなにすごいの？」

あつしの興奮《こうふん》した声に、そばにいたお母さんもテレビの画面に目をむけた。

「さっきね。飛んだんだよ。こんなに手を広げたみたいにして」

あつしは自分の両手をサッと広げ、飛ぶかっこうをして、お母さんのまわりをグルグル走りはじめた。

「あっちゃん。そんなに走ったら、また熱《ねつ》が上がるわよ。もう、わかったから、とまってちょうだい」

あつしは昨夜《さくや》から熱が出て、学校を休んでいたのだ。お母さんは走りまわるあつしの肩《かた》をギュッと両手で抱《だ》きかかえ、あつしはお母さんの腕《うで》の中でやっととまった。

「せっかく熱がさがってきたところなんだから、おとなしくしてなくっちゃ。また熱が出たら大変でしょ。今日の夕《ゆう》ご飯《はん》は、あっちゃんの好きなオムレツにするからね」

「わーい。オムレツ、オムレツ」

あつしは手をたたいてよろこんだ。そのとき玄関《げんかん》のチャイムがなった。お母さんが急いで玄関《げんかん》に出ると、あつしと同じ二年生のともみが少しはずかしそうにモジモジしながら立っていた。あつしと同じクラスで、家も近所だ。

「あらー。ともみちゃん」

「クラスのおたより、それと宿題《しゅくだい》のプリント。先生にたのまれたの」

ともみは手にぶらさげていた花もようの布《ぬの》ぶくろから、おりたたんだプリントを数枚《すうまい》取り出し、お母さんにわたした。

「ともみちゃん。ありがとう」

ともみの声をきくとすぐに、あつしがうれしそうに玄関《げんかん》に顔を出した。

そして、たのしそうに今テレビで見たばかりのモモンガの話をはじめた。

「私も知ってる。絵本で見たことがあるよ。家に帰ったらその絵本さがしてみるね」

ともみはそう言うと、あつしに片手をふって玄関から出て行った。

「やったー。お母さん。ともみちゃん。モモンガの絵本持ってるんだって」

あつしはニコニコ顔で、お母さんに話しかけた。

「よかったわね、あっちゃん」

お母さんも笑顔《えがお》で言った。


その夜は、お父さんも早く帰ってきて、久しぶりに家族《かぞく》三人そろっての夕食だ。

「北海道にいるんだって。小さくてネズミにもにてるしリスにもにてるよ。でも空を飛べるんだ」

あつしは、こんどはお父さんにモモンガのことを話しはじめた。

「へえ。そうか。鳥じゃないのに飛べるってすごいよなあ」

「本物を見てみたいなあ。ぼく」

あつしは大好きなオムレツをパクパク食べながら、さっきテレビで見たエゾモモンガを思いうかべた。

「よっぽど気に入ったみたいだなあ」

「本当。こんなに夢中《むちゅう》になるなんて、元気になったのは、モモンガのおかげかもしれないわね。食欲《しょくよく》も出てきたし」

お父さんもお母さんも、ホッとしたようにあつしを見つめた。

次の朝、あつしは、まだ少し熱があるようだった。

「学校は今日もお休みしたほうがいいわね。微熱《びねつ》があるから、もういちど、病院《びょういん》へ行こうか。あっちゃん」

お母さんがそう声をかけても、病院に行きたくないあつしはベッドの中にもぐったままだった。そのとき、

「あつしくん。おはよう！」

玄関先からともみの声がきこえてきた。ともみちゃんだ！　ベッドの中のあつしの顔がパッと明るくなった。それからすぐに、

「これ、ともみちゃんからあずかったわよ。本だなをさがしたら、見つかったんだって」

お母さんはあつしのそばにくると、エゾモモンガの顔の写真が表紙になっている絵本をあつしにわたした。

「わあ。やっぱり、あったんだ！」

その表紙を見たとたん、とび起きたあつしは、ページをひらいた。絵本には、モモンガが高い木の穴《あな》からチョコンと顔をのぞかせているところや、ドングリを手のような前足で持って食べているところ、そして木からサッと飛膜《ひまく》をひろげてとんでいるところなど、たくさんの写真がのっていて、あつしは「かわいい！」を連発《れんぱつ》した。

郵便はがき

恐れいりますが
62円切手を
お貼りください

248-0017
神奈川県鎌倉市佐助 1-10-22
佐助庵

㈱ 銀の鈴社

『銀の鈴 ものがたりの小径
ゆめ』
担当 行

下記個人情報につきましては、お客様のご意見・ご要望への回答ならびに銀の鈴社書籍・サービス向上のために活用させていただきます。なお、頂きました情報につきましては、個人情報保護法に基づく弊社プライバシーポリシーを遵守のうえ、厳重にお取り扱い致します。

| | |
|---|---|
| ふりがな | お誕生日 |
| お名前（男・女） | 年　月　日 |
| ご住所（〒　　　　　　）　TEL | |
| E-mail | |

☆ **この本をどうしてお知りになりましたか？**（□に✓をしてください）

□ 書店で　□ ネットで　□ 新聞、雑誌で（掲載誌名：　　　　　　）

□ 知人から　□ 著者から　□ その他（　　　　　　）

**★ Amazonでご購入のお客様へ　おねがい★**

本書レビューをお願いいたします。
読み終わった今の新鮮な気持ちが多くの人たちに伝わりますように。

ご愛読いただきまして、ありがとうございます

今後の参考と出版の励みにさせていただきます。
（作者へも転送します）

◆ 本書へのご意見・ご感想をお聞かせください

◆ 作者へのメッセージをお願いいたします

※お寄せいただいたご感想はお名前を伏せて本のカタログや
ホームページ上で使わせていただくことがございます。予めご了承ください。

ご希望に✓してください。資料をお送りいたします。▼

本のカタログ □野の花アートカタログ □個人出版 □公募作品の応募要項

ゲラを先読みした 読者の方々から

## 「本のたんじょうに たちあおう」

### ～読んで感じたこと～

小学生の頃、私は国語の教科書を全部先に読んでしまう子でした。なぜならこの本にあるようなお話が沢山載っていたからです。学年がかわり新しい国語の教科書を手にするたびにワクワクしたものです。

この本を読んで、あの頃の気持ちがよみがえってきました。

子供の頃は誰もが持っていた自由でのびやかな発想を、大人になっても持っている人は、一体どんな人なのでしょうか？

この本に納められている作品には、そんなのびやかさが詰まっていて、作者の皆さんがとても羨ましくなりました。


（谷口奈津子 / 50代）


こころがほっこりするお話がたくさんあった。

どうせ、自分なんてだめだと悲しんでいても、他の人からはそのままがいい。いてくれるだけでいい。と言ってもらえる嬉しさがあった。私もそんな風に他の人から必要とされたいと思う話。

人間が、自然を簡単に壊してしまう。どんどん木の伐採をしてしまうと、もう二度と戻れない可能性もある。きのこの気持ちを分かりやすく、ダジャレも入れながら自然を大切にしなければと思わせる良いお話。

戦争で家族を失い、食べるものに困って苦労している母娘。それでも、お誕生日にはその当時、ごちそうとは言えないけれど、いつもは一切れの野菜が小さな10切れと豆腐に。嬉しいはずだけど、亡くなった家族を思い出し涙。心がぎゅっと握られたような辛い気持ちになった。しかし、新しい世代にも、語り継がれている様子が伺えた。辛いことだけど、知らない世代に辛いけど、温かくなる思い出を知らせることはとても大事に思った話。他にも、自分の子どもに読ませたい、たくさんのお話。こころの宝になることは間違いない。


（中村絵里子 /40代）



※上記は寄せられた感想の一部です※

『銀の鈴 ものがたりの小径
ゆめ』
銀の鈴社刊

「まあ。あっちゃんたら。今はなによりもモモンガが一番みたいね。いっぺんに元気になったじゃないの」

「だって、こんなにかわいいんだもん。あーあ、本物見たいなあ。北海道って遠《とお》いんだよね？」

「そう。ずいぶん遠いわよ。北海道に行くには時間もかかるし、お金《かね》だってかかるんだから、そう簡単《かんたん》には行けないわ。それに北海道は広いんだもの。自然《しぜん》の中にいるモモンガを見つけるって、すごくむずかしいんじゃないかしら」

「ふーん。そうかあ」

あつしは、しょんぼりした顔になった。

「あつしくん。あつしくん」

その夜、寝《ね》ていたらあつしはだれかが呼《よ》ぶ声で目をさました。

「えっ、だあれ？　ぼくを呼んだのは」

あつしは、キョロキョロと部屋《へや》を見まわした。そして窓《まど》のほうを見たあつしは思わず、あっと大きな声を出した。電気がついている明るい部屋から見えたのは、窓にぴったり顔をくっつけて、外からあつしを見ているエゾモモンガだった。

あのエゾモモンガがここにいる。どうして？　あつしはいそいで起きあがると、窓に近づき、ドキドキしながら窓をあけた。するとエゾモモンガは、パッと飛んで部屋の中に入ってきた。

すごーい！　あつしは天井《てんじょう》のすぐ下を飛びまわるエゾモモンガを見上げた。まるで小さなリスがハンカチに乗って飛んでるみたいだ。数回部屋を飛びまわったエゾモモンガは、窓がわにある勉強机《べんきょうづくえ》のうえにおりると、あつしのほうにむかってチョコンとすわった。

机においてある赤い鉛筆《えんぴつ》けずりより少し大きいぐらいの大きさだ。小さな顔の半分ぐらいありそうな大きな目。頭には三角な耳がチョコンとついている。テレビや絵本で見たのとおんなじだ。あつしは目をパチパチさせて、頭や顔のうす茶色《ちゃいろ》い毛《け》と、胸《むね》やお腹《なか》のあたりの白い毛がフワフワした、まるでぬいぐるみのようなモモンガを見つめた。

「あつしくんがぼくに会いたがってるから、ぼくのほうからきちゃったよ。ぼくのこと、とても好きになってくれたみたいだね。ありがとう！」

エゾモモンガはまるい黒目をクルクルさせて言った。

「わぁ、夢《ゆめ》みたいだ。ぼくんちにきてくれるなんて。すごくうれしいな。でも、ぼくのこと、よくわかったね？」

「あつしくんがぼくにすごく会いたいと思ってる、その強い気持ちが、遠く離《はな》れていても、ぼくの心にピピピッて伝《つた》わってきたんだよ。ところであつしくん。具合《ぐあい》はどう？」

「うん。もうだいじょうぶ。本物のエゾモモンガさんを見たら、すごく元気になっちゃった！」

「よかったー。あつしくんの体のことが心配だったんだ。これで安心して帰れるよ」

「えっ、もう帰っちゃうの？　今きたばかりなのに」

あつしは残念《ざんねん》そうに言った。

「なにしろ遠いからね、あつしくん。今度は北海道で会えるといいね。ぼくの仲間も待ってるよ」

エゾモモンガはそう言うと、机《つくえ》からパっと飛びたち、あけたままになっていた窓《まど》のすきまをぬけて、あっというまに外へ飛び出して行った。


「さようなら。またねー」

そうさけんだあつしは、ハッと自分がベッドにいるのに気がついた。

「あっちゃん。どうしたの？　そんなに大きな声出して」

いつのまにか、そばにいたお母さんが心配そうにたずねた。

「あれ？　今の夢だったのかなあ？」

あつしは、ふしぎそうに部屋《へや》の中を見まわした。

「あっ、夢じゃない。ほら、あそこ見て」

あつしは窓のほうをゆびさした。

「まあ、窓があいてるわ。しめてたはずなのに。おかしいわねえ」

「ぼくがあけたんだよ。エゾモモンガが部屋の中に入れるように」

「もう、あっちゃんたら、モモンガのことで頭がいっぱいなんだから。窓をあけてたら、また風邪《かぜ》ひいちゃうわよ」

お母さんはあわてて窓をしめに行った。

モモンガさん、無事におうちに帰れるかなあ？　いつか、きっと会いに行くからね。布《ふ》団《とん》にもぐり、天井《てんじょう》を見上げたあつしの目に、天井の下を飛びまわっていたエゾモモンガの姿《すがた》がうかんできた。

# キノコ会議《かいぎ》

作・やまのべちぐさ
絵・高見八重子

マツ林の夜空に丸い月がでています。わたしは落ち葉をふんで歩きはじめました。わたしの名前はマツタケ子。マツ林にすんでいるマツタケの女の子です。真夜中に森で開かれる、キノコ会議にまねかれたのです。きのう、わたしをたずねて来たのはベニテングタケのテングッチでした。森の一大事だから、ぜひ来てほしいと言われたの。

マツ林を抜《ぬ》けて丘《おか》のふもとに着《つ》きました。この丘をのぼれば、キノコたちのすむ森です。でも、変《へん》よ。いやなにおいがするわ。わたしはあたりの闇《やみ》に目をこらしました。

まあ、ひどい！　崖《がけ》がけずられ、木や草がなぎ倒《たお》されているではありませんか。そばに人間が使いそうな大きな機械《きかい》が見えます。森の一大事って、きっと、このことだわ。

さあ、先を急《いそ》がなくては。わたしは崖《がけ》をのぼって、森の奥《おく》へと入っていきました。

森は木と土のいいにおい。ミミズクの鳴き声も聞こえ、気分はすっかりよくなりました。月明《つきあか》りで、大きなモミの木が浮《う》かび上がって見えます。あれがキノコ会議の目印《めじるし》です。木の根元《ねもと》の大きな石にもたれて、テングッチが手をふっているわ。オレンジ色に白い水玉《みずたま》もようの笠《かさ》をかぶって、とってもおしゃれ。でも、体に毒《どく》をもっているらしいの。

大勢《おおぜい》のキノコたちが、モミの木の下に集まって来ていました。

「タケ子さんって、なんていいにおいなの」

みんながうっとりしています。わたしって、そんなにいいにおいかしら。

「タケ子さん、来てくれてありがとう」

テングッチが、水玉もようの笠《かさ》をかたむけてほほえみました。彼は笠がごじまんみたい。

「この森はとっても気持ちがいいわ。でも大変よ。来る途中《とちゅう》の崖で、木がいっぱい倒《たお》されているのを見たわ」

「そうなんだ。あの崖を、人間がブルドーザーっていう変な機械で、崩《くず》しはじめたんだよ」

「やっぱり、人間の仕業《しわざ》だったのね」

わたしはさっき見た機械を思い出していました。

「森が荒《あ》らされて、木の幹《みき》でくらすツキヨタケ兄弟《きょうだい》が病気になったらしいよ」

キノコのだれかが小声でいいます。

「そうさ、ぼくらの森に危機《きき》が迫《せま》ってる。それを、どうにかして食いとめて、森をこのまま残したい。それで、今夜、みんなに集まってもらったんだよ」

テングッチは近くの切りかぶの上にとびのっていいました。どうやら、テングッチは会《かい》議《ぎ》のまとめ役《やく》のようです。

「ツキヨタケ兄弟は木の幹《みき》で青白く光って、人間をこわがらせて頑張《がんば》ってた。それなのに、人間は平気で森へ踏《ふ》みこんできたんだ。森を守るために、早く別の手を打たなくっちゃ」

するとやせっぽちのヒトヨタケが、よろけながら進み出ました。

「わたしも不安でしょうがないの。キノコは一度消《き》えても、森がそのままなら、また生まれ変われる。でも、もし森がなくなったら、それっきり……」

なんと、まあ、話の途中《とちゅう》でヒトヨタケはとけて、地面のシミになってしまいました。

かわいそうに、彼女《かのじょ》は一晩《ひとばん》で消えてしまうキノコなのです。

「それなら毒《どく》で、人間を追《お》っぱらおうよ！」

大きな黄色い笠《かさ》のオオワライタケです。見かけはかわいいけど、毒《どく》キノコの仲間よ。

「ぼくらをかじった人間は、笑《わら》って踊《おど》りだすって聞いてるよ。とめたくても笑いがとまらないんだ。それにこりて、ぼくらに二度と近づかなくなるのさ」

「毒《どく》キノコが森じゅうに広がればいいけど……、それには時間がかかるよね」

と、テングッチは考えこんでいるようす。むりよね。ふえるのを待っていられないもの。

そのとき、後ろの方で声がしました。

「毒《どく》なんて、とんでもない！」

シイタケのタケオです。

「毒《どく》でおどすなんて野蛮《やばん》だね。おいしくて人間に愛《あい》される、ぼくらみたいに生きればいいのさ」

「そうさ、それがキノコの生きる道だぁ」

わきにいたシメジの声援《せいえん》を受けて、タケオはますます調子《ちょうし》づきます。

「いまや、工場や農園《のうえん》でキノコが育《そだ》つ時代さ。おいしさを身につければ、森がなくても生きていける。ぼくらもうじき、シメジたちと一緒《いっしょ》に、人間が用意してくれた農園へひっこすつもりだ。快適《かいてき》なくらしができるからね」

かっさいとブーイングが飛《と》び交《か》って大騒《おおさわ》ぎになりました。わたし？　もちろん大反対よ。じまんするわけではありませんが、いちばん人間に好かれているのは、わたしたちマツタケです。でも、シイタケみたいに人間にたよるなんてことはしません。自分で頑張《がんば》ってふえるのです。わたしは腹《はら》が立って、もう、だまっていられなくなりました。

「人間に作られた所でくらすなんて、タケオさん、それでいいの？　昔《むかし》からくらしてきたとおり、森の恵《めぐ》みの中で生きてこそのキノコでしょう？　それがキノコの誇《ほこ》りだわ！」

言い終わらないうちに、一同がワッとわきました。わたしの演説《えんぜつ》はキノコたちの心をつかんだようです。いっぽう、タケオとしめじたちはがっくり。

「まいったなぁ。マツタケの女の子に香《かお》りだけじゃなく、演説でも負《ま》けるとは……」

タケオはくやしそう。でも、誇《ほこ》りは失《うしな》ってはいなかったみたい。

森がなくても生きていけると突《つ》っ張《ぱ》っていたのは、自分たちがおいしいキノコだとじまんしたかっただけでしょう。彼《かれ》らも森でくらす方が幸《しあわ》せだと思っているにちがいないわ。

そのとき、テングッチが口を開きました。

「タケ子さん、きみの言うとおりだよ。でも、キノコの誇《ほこ》りだけでは森を守《まも》れない。いま、ぼくたちに何ができるとおもう?」

ふと、モミの木の根元《ねもと》にある大きな石が、何か話しかけているような気がしました。

「なあに、その石? キノコの形ね」

「これはキノコ石だよ。ぼくらのマスコットみたいなものさ。こんなキノコの形の古びた石が、森の中にいくつも転《ころ》がってるよ」

とテングッチ。

わたしはご先祖様《せんぞさま》に出会ったような、なつかしい気持ちがしてきました。よく見ると、大きなキノコの笠《かさ》の下に、ミミズクがほられています。まるで雨宿《あまやど》りをしているみたい。

「なぜミミズクなのかしら」

わたしの言葉を待っていたかのように、木の梢《こずえ》から年寄《としよ》りのミミズクが舞《ま》いおりました。

「そこから先は、わしが話そう」

わたしは驚《おどろ》いて胸《むね》がドキドキしてきました。

ミミズクじいさんは、目をしょぼつかせながら話しはじめます。

「昔から、わしらミミズクは森の守《まも》り神《がみ》として、人間にだいじにされてきた。言い伝えによると、人間は石にキノコとミミズクをほって、雨《あま》ごいをしたというのじゃ」

雨ごいって何かしら。ききたいのをがまんして、話の続きに耳をかたむけます。

「人間は雨のあとに、森でキノコがたくさんはえるのを知っておった。そこで、畑《はたけ》に作《さく》物《もつ》のタネをまいたあと、雨が降《ふ》るようにとキノコ石にいのった。それが雨ごいじゃよ」

そうだったのね。

「キノコが元気なら、作物がたくさんとれる。昔の人はキノコ石の力を信じていたのね」

「まさにそのとおり！　あんたは香《かお》りもいいが、頭もいいなっ。ハッハッハッハー」

ミミズクはとつぜん笑《わら》いだすと、踊《おど》るように、どこかへ飛《と》んでいってしまいました。きっと、毒《どく》キノコが振りまいた粉《こな》を吸《す》いこんだせいよ。毒のせいだけにお気の毒。

「キノコ石を作ったころを思い出して、また、人間が森をたいせつにしてくれればなぁ」

テングッチのことばに、キノコたちは大きくうなずきました。

「それなら、キノコ石をぜんぶ森の入り口へ動かして、人間を驚《おどろ》かせてみない？」

わたしが思わずさけぶと、ワァーッと大きな歓声《かんせい》が上がりました。みんなわたしの意見に賛成《さんせい》してくれたのです。

でも、そのあとがたいへんでした。なにしろ、みんなで森の入り口へ、大きなキノコ石をいくつも転《ころ》がしたのですから。

「力をかしてよ、キノコ石、ヨイショ」

「森の命《いのち》を守るのが、コラショ」

「キノコの夢《ゆめ》だよ、ドッコイショ」

ときどき、石に体がぶつかって、ケガをするものもいます。でも、だれも途中《とちゅう》で投げ出したりしませんでした。もちろん、タケオとシメジたちもね。

森じゅうのキノコ石を、森の入り口へ運《はこ》び終わったとき、とつぜん激《はげ》しく雨が降《ふ》りだしました。キノコ石が雨を呼んだのでしょう。

ゴロゴロロッ。雷《かみなり》が空気をふるわせました。

と、次のしゅんかん、ピシャリ！　稲光《いなびかり》と共にモミの木に雷《かみなり》が落ちました。

そのひょうしに、わたしたちは気を失《うしな》ってしまったようです。

目が覚《さ》めたとき、あたりはすっかり明るくなっていました。でも、何か変《へん》です。森が小さくなったような妙《みょう》な感じがします。目の前のキノコ石と見比《くら》べて、やっと気づきました。わたしたちが巨大《きょだい》になってしまったんだって。目を覚《さ》ましたキノコたちは、たがいに指《ゆび》さし合って面白《おもしろ》がったり、気味悪《きみわる》がったりしています。

すると、あのミミズクじいさんが、木のかげから現《あらわ》れて、キノコ石の上にとまりました。

「ハッハッハー、雷《かみなり》でキノコがでかくなるという話はほんとじゃな。それはそうと、きみらにも見せたかったよ。みんなが気を失《うしな》っている間に、人間が来て大騒《おおさわ》ぎだったんじゃ」

ミミズクじいさんの話によると、朝になって機械《きかい》を動かしにきた男たちが、たくさんのキノコ石と巨大《きょだい》になったキノコたちを見て、腰《こし》をぬかして逃《に》げ帰ったというのです。

「『キノコ石のたたりだー』と、大あわてで切り崩《くず》した所をうめもどしに行ったぞ」

「ほんと？　わたしたち、やったのねっ！　夢がかなったんだわ！」

わたしはキノコたちと抱《だ》き合って喜《よろこ》びました。

「キノコ石で人を驚《おどろ》かそうっていうタケ子さんの思いつきで、ぼくらキノコの気持ちがひとつになったんだ。森から出ていこうとしてた、タケオたちの考えも変えさせたしね」

テングッチもほんとうにうれしそう。とうぶん、人間は森を荒《あ》らしに来ないでしょう。

いいえ、もう二度と森を荒らしになんか来ませんように！

# クマベンケイ

作・都丸　圭

版画・篠原　晴美

クマは　ダンボールに入れられ捨《す》てられた十ぴきの仔猫《こねこ》のうちの一ぴき。兄弟《きょうだい》とはちりぢり。どうにか生きのびて　わがやにやってきた仔猫。

わがやの猫が　伝染病《でんせんびょう》でつぎつぎ死《し》んだときも　命《いのち》ながらえた猫。クマはわたしに慣《な》れてくると　わたしの指《ゆび》をかみ　足元の周《まわ》りをぐるぐる回った。

つやのないバサバサの毛並《けな》み　やせっぽち　まあ元気に生きた　いや生きるはずだった黒い仔猫クマ。

わたしは油断《ゆだん》をした。クマの元気に気がゆるんだ。クマは隣《となり》の庭《にわ》に　ちょろり侵入《しんにゅう》してしまった。隣《とな》りは　大きな犬を放し飼《が》いにしているというのに。

キューという悲鳴《ひめい》を残して　クマは露《つゆ》のように消《き》えてしまった。かきねごしにいくらさがしてもクマは見当たらない。

かんちがいであったらいい。なんでもないという顔で　クマが帰ってくることを何日まっただろう。

隣りは

「知りません。侵入《しんにゅう》したのはそちら」

ああクマよ　クマの不運《ふうん》さよ――。
それから少したって　わたしは不思議《ふしぎ》な光景《こうけい》を見る。ベンケイという野良猫《のらねこ》が　あたりまえの顔つきでへやにいることだ。
ベンケイは　いつからか　わがやの周《まわ》りに住みつき　えさだけをもらい　人とはほどほどの距離《きょり》を保《たも》って生きている黒い野良猫。なかなかなつかない自然児《しぜんじ》。
そのベンケイが　いつのまにかへやにいる。わたしが近づくと　さっと逃《に》げていったあのベンケイが　あたりまえの顔で　わたしのひざにひょいと乗り　わたしがかみくだしたアタリメをちゃくちゃく食べている……。
これは　あのクマのしぐさではないか――。
車の下で　いつもまあるくなっているベンケイをさがしてみる。いなかった。次の日も外にベンケイの姿《すがた》はなかった。ベンケイが急《きゅう》に人になつき　へやに入るようになった……。
わたしは確信《かくしん》した。ベンケイの中にクマがいることを。クマが　ベンケイになって帰ってきた――。
隣《とな》りの犬にかまれて　ひん死《し》のクマは近くにいたベンケイの体にさっと乗《の》り移《うつ》ったにち

がいない。体はベンケイに借《か》り　心はクマのまま生きているのだ。まちがいない！

そう確信《かくしん》すると　わたしの痛《いた》みが少しやわらいだ。

クマにもベンケイにも　はじめておだやかな日日がおとずれた。時計《とけい》が雲のように流《なが》れた。

そのうち　クマ入りのベンケイは気になるせきをするようになった。えさを食べなくなり　急にやせてきて　あっというまに死んでしまった。ベンケイはもともと　十分な年より猫だったようだ。わたしは　クマもベンケイも同時に失《うしな》ってしまった。

クマベンケイは庭《にわ》の土《ど》まんじゅうになった。その土まんじゅうに　イチョウの実《み》がふりかかる。なにもかも　いとおしく見てきたイチョウの木が　ぎんなんの涙《なみだ》をぱらぱらとふり落《お》とす。

この秋はとても短《みじか》く　すぐに寒《さむ》い冬がやってきた。

# ケンのカブトムシ

作・大八木あつひこ
絵・渡辺あきお

ケンは病気でねていました。まどの外で木の葉が、風にゆれながらキラキラと光り、そのまわりをハチがぶうんぶうんと、とびまわっているのを、ベッドの中からながめていました。

「外へ行きたいな、お父さん。」

「熱《ねつ》がさがったら行けるから、もう少しがまんしようね。」

けれども、ケンの熱《ねつ》は、なかなかさがりませんでした。

ある日、お父さんがうれしそうな顔をして、ケンの部屋《へや》へ入ってきました。

「いいものを見つけたよ、ほら。」

それは大きなカブトムシでした。

「まどから見える、あの木のみきにいたんだ。どうだい、りっぱなツノだろう。」

「ほんとうだ。すごいね、お父さん。」

お父さんはカブトムシをムシかごにいれて、ケンのベッドのそばにおきました。

バナナを切っていれてあげると、カブトムシはオレンジ色のしたを動かして、おいしそうに食べました。食べおわるとカブトムシは、カゴの中を動きまわりました。夜になって、ケンがねむってからも、カブトムシはカサカサと音をたてながら、カゴの中を動きまわりました。次の日の朝、目がさめた時に、ケンはカブトムシが動きまわる音を、ゆめの中でずっと聞きつづけていたような気がしました。

何日か、たちました。せまいカゴの中で、もがくように手足を動かしているカブトムシを見ていると、ケンはかわいそうになってきました。自分は病気で動けないから、せまい部屋《へや》でねていてもしかたがないけれど、元気なカブトムシはやっぱり、外の広い世界で動きまわりたいだろう、と思いました。

「お父さん、あした、カブトムシをにがしてあげて。」

「そうかい？　そうだね……そろそろ、にがしてあげようか。」

お父さんにも、ケンの気持ちはわかりました。

「今夜だけ、がまんしてそばにいてね。」

ケンはカブトムシに話しかけましたが、あした、いなくなってしまうのかと思うと、急にさびしくなってきました。

その夜、ケンはゆめの中で、暗《くら》い森の中をひとり、急いで歩いていました。ずっと何かに、追《お》いかけられているようでした。遠くから、うなり声のような音が聞こえてきます。音はだんだん近づいてきて、見ると、それは、自分と同じくらい大きなハチでした。

黄色と黒のしまもようのハチが、何びきものむれになって、ケンのほうへとんできます。ハチのおしりの先に、するどいハリが光っています。ハチはみんな、ハリをケンのほうへ向けて、さそうとしているのでした。ケンは、走ってにげようとしますが、足がからまわりして、先へ進《すす》めません。

もうだめだと思って、ケンは、目をとじました。けれども、さされないし、いたくもありません。そっと目をあけると、前に大きな黒いものが立って、自分を守ってくれていました。よく見ると、それはあのカブトムシでした。

いつのまにこんなに大きくなったんだろう、それとも、ぼくが小さくなってしまったんだろうか、とケンは思いました。カブトムシは六本の手足で、ケンのからだをだきかかえるようにして、ハチから守ってくれていました。

ハチたちは、カブトムシのせなかやカブトに、するどいハリをさそうとするのですが、かたくてなかなかさすことができません。カブトムシは、長くのびたツノをふってハチを追いはらおうとしていました。

そのあいだも、ハチのぶうんぶうんという、うなり声のような、はねの音はずっと聞こえています。ときどき、カブトムシがピクッとせなかを動かすのは、ハチのハリがささってしまったからでしょうか。ケンはからだをちぢめ、カブトムシにしっかりとだきかかえられたまま、じっと目をとじてこわさをがまんしていました……

ふたたびケンがめをひらくと、朝になっていました。ケンは自分の部屋のベッドにねていました。すぐにカゴの中を見て、どきっとしました。カブトムシは、おなかを上にして死んでいました。手足はケンをだきかかえたままのかっこうでした。

「お父さん、カブトが……」

「どうしたんだろうね。きのうまであんなに元気だったのに。」

「……あの木の根もとにうめてあげたい。外に行ってもいい？」

「そうだね。ケンもけさは熱《ねつ》がさがったようだし。もう、なおってきたみたいだからね。」

ケンはひさしぶりに外へ出ると、木の根もとに小さなあなをほって、その中にカブトムシをそっとおきました。カブトムシは、ほんとうに何かとたたかって、力つきたかのようでした。風がふき、地面《じめん》の上で木の葉のかげがゆれて、カブトムシのからだをやさしくなでているように見えました。

# おばあちゃんのたんじょうび

作・杉山友理
絵・加藤真夢

ぼくは、いつもより早く目が覚《さ》めた。

八月二十一日、今日はおばあちゃんのたんじょうびだ。六十八歳《さい》になった。

階段《かいだん》をかけおりて庭《にわ》をのぞくと、いたいた、おばあちゃんがカッポウ着姿《ぎすがた》で、せっせと花柄《はながら》を採《と》っている。

お父さんの背丈《せたけ》ほどある円形《えんけい》のアーチに、からませた朝顔《あさがお》が、いつもより花をいっぱい咲《さ》かせている。

「わぁー、赤、白、青、お花がいっぱいだぁ」

ぼくの声が大きかったので、おばあちゃんは腰《こし》をのばして手を止《と》めた。

「ほら、末吉《すえきち》おじさんの結婚式《けっこんしき》で、お嫁《よめ》さんの持ってたブーケみたいにきれいだね」

しんせきの末吉おじさんは、先月お嫁さんをもらったのだ。

「ユウタはブーケだなんて、ステキなことを思いつくんだね」

おばあちゃんは、朝顔のアーチをうっとり眺《なが》めながら、縁側《えんがわ》に腰《こし》をおろした。

「今日は、おばあちゃんのたんじょうびでしょ」

「あら、ユウタはババのたんじょうび、覚《おぼ》えてくれてたんだ」

「覚えているさ。母さんだって、いちばん上等の卵《たまご》買ってきて、卵どんぶり作るって、張《は》り切っていたよ」

おばあちゃんは、肉《にく》まんのようなホッペをふわっとひろげて
「ありがたいね」

といって、手を合わせた。

「ねぇ、おばあちゃんは枕《まくら》カバーほしがってたよね」

おばあちゃんはビックリして、メガネを指でおさえた。

「だってこの間〝枕カバー新しくしたいけど、目が悪くなって、糸《いと》が通せない〟って、いってたよ」

おばあちゃんは、じっとぼくを見つめた。

「そのときぼくは決めたんだ。プレゼントするって」

おばあちゃんは最近、ちょっとしたことで感激《かんげき》する。目をパチパチさせた。

「ユウタが買ってくれるなんて……」

ぼくは得意《とくい》になって、ガッツポーズをした。

「いいのかい……」

おばあちゃんは、えんりょ深《ぶか》そうにいったかと思うと、急に思いついたように、

「それならさっそくお店へいこうかね。バーゲンセールやってるよ」

と声をはずませて、立ち上がった。

ぼくは、おばあちゃんと話をすると、つい笑ってしまう。母さんがいうには、切り返しの早いおばあちゃんの性格《せいかく》と、ひとみしりのぼくの性格の相性《あいしょう》が合っているらしい。

「ユウタ、朝ごはん食べたらすぐ出かけよう」

おばあちゃんは、ワクワクした足取りでホウキを持った。

うれしいとき、おばあちゃんは歌謡曲《かようきょく》を鼻歌で唄《うた》う。

〝わかばスポーツ〟のエアロビ教室から帰ると、歌謡曲をかけて、エアロビの練習《れんしゅう》をしている。

（のってる、のってる。ホウキが弾《はず》んでる）

ぼくもつられて、ウキウキしてきた。

側溝《そっこう》のゴミを拾《ひろ》っているおばあちゃんは、腰《こし》を折り曲《ま》げて、母さんよりも体がやわらかそうだ。と、思った瞬間《しゅんかん》、バランスを崩《くず》してよろめいた。

ぼくはハッとして、思わず立ち上がった。ところが、何ごともなく身体を起こして、普《ふ》通《つう》に歩いていった。

（さすが〝わかばスポーツ〟で、きたえているだけあるんだ）

ぼくは、すっかり感心して見入った。

「賢《かしこ》い子だよ、ユウタは。いい子なんだよ、ユウタは」

ぶつぶつひとりごとが聞こえてきた。

（やめてよ、大げさなんだから）

わざと、おばあちゃんから少し離《はな》れた所へ移《うつ》って、ゴミをビニール袋《ぶくろ》へ入れてあげた。

洋品店の敷地内《しきちない》に、夏物大バーゲンセールと書いたハタが何本もなびいていた。

店内に入ると、赤い服《ふく》を着せた、マネキンの女の子が目にとびこんだ。ぼくは急に恥《は》ずかしくなって、逃《に》げ出したくなった。

「ユウタ、こっちこっち、ほら、こっちにあるよ」

おばあちゃんは嬉《うれ》しくなると、腹から声を出して叫《さけ》ぶ。

「花柄《はながら》とかフリルの枕《まくら》カバーが、やまづみにあるよ」

「聞こえているから、ボリューム下げてよ」

ぼくは、口元に人さし指を当てた。

「あら、ユウタくん、おばあちゃんとお買いもの？」

近所に住んでいる、同じ四年生のマユミちゃんが立っている。

「おやおや、マユミちゃんもお買いもの？　ユウタがね、ババのたんじょうびだから、プレゼント買ってくれるんだってさ」

おばあちゃんは、うれしそうにフリルの枕《まくら》カバーを振《ふ》ってみせた。

「早く決めてよね」

ぼくはむっとして、逃《に》げるように場所を変えた。

ハンガーに掛《か》けてある品物の間から、おばあちゃんをのぞいて見ると、まだマユミちゃんと話しこんでいる。

ぼくはイライラしてきた。

（おばあちゃんのたんじょうびなんだもの。おこらない、おこらない。ま、いいっか）

いらだつ胸をさすった。壁《かべ》に付いてる時計が十五分たった。

ようやく、平然《へいぜん》とした顔で
「決めたよ」

と花柄《はながら》の枕カバーを持ってきた。母さんのよりもハデだな、ピンクの柄《がら》だ。百二十円、アイス代と同じなんだ。

帰り道、ぼくはおばあちゃんに聞いた。

「マユミちゃんと長話《ながばなし》してたけど、なに話してたの？」

「ん、マユミちゃんも、これと同じ枕カバーおばあちゃんに買ってやるんだって」

「うそっ」

ぼくは信じられなくて、おばあちゃんの目を見つめた。

「本当だよ。だって一緒《いっしょ》に選《えら》んだもの」

「マユミちゃん、おばあちゃんにきついんだよ。この間すごかったんだよ」

ぼくがマユミちゃんに、ゲームソフトを借《か》りにいった時のことだった。

マユミちゃんのおばあちゃんが、ニコニコしてはなしかけてきた。

「ユウタちゃん、あがりなさい。あがってゆっくりして行きなさい」

というと、ポケットからアメを取り出して、ぼくに渡《わた》そうとした。

「おばあちゃん、やめて！　いつのアメかわからないでしょ」

いきなり、マユミちゃんがすごいケンマクで、おばあちゃんの手からアメをもぎ取った。

「ほら、やっぱり。アメがないてるでしょ！　やめてよね。おばあちゃんは、あっちへいっててよ」

おばあちゃんはおどおどして、目元《めもと》をにじませた。自分の部屋に入っていく背中がまるかった。

おばあちゃんは、ぼくの話をすっかり聞いてから、さみしそうに首をかしげた。

ふと、思いだしたように、

「ユウタだってきついよ」

このときとばかりにきりだした。

「ほら、ババが歌謡番組《かようばんぐみ》楽しんでるのに、無言《むごん》でチャンネル切り替《か》えるでしょ。ばあちゃん、がまんしたよ。だって、ユウタが見たいんだと思ったからね」

「えっ、そうなの？　知らなかった……」

ぼくは、ちょっぴりバツが悪くて、そっぽを向いた。

「みんな、やさしい子なんだよ。いい子なんだよね」

おばあちゃんはしんみりいって、枕《まくら》カバーの入った袋《ふくろ》をだきしめた。

（おばあちゃんはいつでも笑顔《えがお》なので、気づかなかった）

ぼくの胸《むね》の中が、じわーっと熱《あつ》くなった。

日差《ひざ》しが強くなってきたので、ぼくは急ぎ足でおばあちゃんをぬいて歩いた。

「ちょっと、ユウタ、姿勢《しせい》が悪いよ。お腹《なか》に力を入れて、背筋《せすじ》をまっすぐに、上へ伸《の》ばす」

おばあちゃんはいつも〝わかばスポーツ〟の、ケイコ先生にいわれていることを、ぼくにいばっていう。今もぼくの背後《はいご》から突然《とつぜん》いった。

「そう、もう一センチ。頭は上に、おなかは下に伸ばす」

またまた、おばあちゃんが気合《きあい》を入れた。

「自分がそうしな」

ぼくは、ペロッと舌《した》を出して走り出した。

少し走ってからふり返ってみると、おばあちゃんが急ぎ足で、ぼくの後《あと》を追《お》ってくる。

「おばあちゃんは、ゆっくりでいいんだよぉ」

ぼくはさけんだ。

「そうだね、ユウタにはかなわないよ。ありがとねー」

おばあちゃんが、枕《まくら》カバーの包《つつ》みを右手で振《ふ》った。

ぼくはまた走り出した。

# ゆめ雲

作・西尾ふみ子
絵・中村景児

昼休《ひるやす》みが終わって五時間目の授業《じゅぎょう》がはじまった。五時間目は算数《さんすう》の授業である。

先生の説明が終わって、教科書《きょうかしょ》の応用問題《おうようもんだい》をやることになった。三年生になってから、急に算数がむずかしくなった。

拓也《たくや》は頭をひねりながら、ノートにあれこれ計算を書きちらして、あっ、そうか、と解《と》き方《かた》を思いついた。書きちらした計算を消《け》して、きちんと計算式を書こうとして、ふで箱《ばこ》から消《け》しごむを取り出そうとした。

あれ、消しごむがない。先週買ったばかりの、可愛《かわい》い犬がおすわりをしている形の消しごむだ。文房具《ぶんぼうぐ》の店でみつけて、あんまり可愛いので、つい買ってしまったものだ。

ちゃんとふで箱に入れてきたはずだけどと、かばんの中や机《つくえ》の中をごそごそさがしてみたがない。うちに置《お》いてきたのかな、と思って、仕方《しかた》がないから、まちがえた計算式の上からバッテンを書いて、その横《よこ》に正しい計算式を書いた。

授業が終わった時、ふっと後ろをふり向いたら、なきめ後ろの健《けん》が、自分の消しごむを筆箱《ふでばこ》の中に入れているではないか。

「あっ、その消しごむ、おれの。おれの消しごむ、とったな」

拓也は思わず叫《さけ》んでいた。

「えっ、これ、お前の？」

「おれの、ぬすんだな。返せ」

「おっこっていたの、拾《ひろ》っただけだ。さっき、拾ってだれの？　ってきいたけど、だれも知らないっていうから、拾っといたんだ」

「ふで箱に入れようとしていたじゃないか。どろぼう！」

拓也はかっとしてそう言ってしまった。

「なんだ、こんなもの。おっことす方が悪いんだっ！」

健はそういうと、消しごむを放《ほう》りなげた。拓也はますますかっとした。取っくみあいのけんかになりそうだったけれど、まわりの男の子達《たち》にとめられて、拓也はなんとか、消しごむを拾っただけで家に帰ってきたが、腹がたって腹がたって、仕方がなかった。

家に帰って、二階の自分の部屋《へや》に入ると、机にかばんをぶん投げて大きく窓《まど》をあけた。

青い空に大きな象《ぞう》の形をした雲が浮《う》いていて、ゆっくり西から東に動いている。

「おーい、象《ぞう》さん！　おれ、健のやっとけんかして、むかむかしてるんだ」

拓也《たくや》は雲に向かって叫《さけ》んだ。象の形をした雲が、ゆっくり拓也の部屋の窓に向かってくる。拓也は雲の象さんに向かって、

「象さんの背中に乗って空を歩いたら、気持ちがいいだろうな」

って叫《さけ》んでいた。


雲の象さんがなにか言っている。

「わたしの背中に乗りなさい。空の旅《たび》ができて、気持ちいいですよ」そういっているみたいだ。拓也はうれしくなった。窓ぎわまで来てくれた雲の象さんの背中にとび乗った。

雲の象さんの背中はやわらかい。でももちろん下に落ちたりはしない。雲の象さんに乗ることができるなんて……。

ふんわりした象さんの背中――気持ちがいい。地上で人が歩いていたり、話をしていたり、庭仕事《にわしごと》をしていたりするのがみんな見える。おもしろいっ！

夢中《むちゅう》で下を眺《なが》めていると、ひょいと健の姿が見えた。小さな妹《いもうと》の手を引いて、大きな荷《に》

物《もつ》を持ったお母さんのあとを歩いている。健も大きな荷物を持っているようだ。

「えーっ、健も、ちゃんと、お母さんの手助けをしているんだ」

なんだか意外だった。あの健が……。

少し行くと公園《こうえん》が下に見えた。

「咲《さき》ちゃんと美樹《みき》ちゃんがブランコに乗っている。仲直りしたのかな」

咲ちゃんと美樹ちゃんは、今日学校で大げんかをしていた。原因はわからないけれど、今にもとっ組み合いになりそうなくらい、大声で悪口《わるくち》を言い合っていた。

チャイムが鳴って、先生が教室に入ってきたので、二人ともけんかをやめて席《せき》についたけれど、お互《たが》いにふん、といった顔をして、そっぽを向き合っていたのだ。

その二人が並《なら》んでブランコに乗って、空をつきとばすように高くこぎあっている。雲の上の自分がみつかったら大変と拓也は思わず首をひっこめた。

「雲さん、空の上から見ると、いろんなものが見えて、おもしろいね」

拓也は雲の象さんにしゃべりかけていた。こんな明るい空からふだん学校ではわからない同級生《どうきゅうせい》の、別の姿がちゃんと見えるのだ。あした、健にそっとあやまって、仲直りしようかな。

そう思った時、拓也《たくや》は、自分の部屋の窓わくにごつんと顔をぶつけて、いたたたって、悲鳴《ひめい》をあげていた。

窓わくにもたれて、いつの間にか、とろっと居眠《いねむ》りをして、夢《ゆめ》を見ていたのだろうか。

いや、確《たし》かに雲の象《ぞう》さんに乗って、空をとんだんだ。象さんの背中に乗って空をゆっくり歩いた気持ちちゃんとおぼえているんだから……。

雲の象さんはいつの間にか空から消えていて、お日様がにこにこ笑って拓也を見ていた。

# 大きな木と少女《しょうじょ》

作・久保恵子
絵・田沢梨枝子

小さな町がありました。町の公園《こうえん》のはしに、いっぽんの木がたっていました。大きな大きなケヤキでした。いくつもの枝《えだ》を、いっぱいに広げて、どっしりと、そびえたっていました。

よく、その木の下をとおる、小さな女の子がいました。いつも、からだにみあった、4分の1サイズの、小さな分数《ぶんすう》バイオリンが入ったケースをさげていました。

女の子は、木の下までくると、しばらくのあいだ、大きな木を、見上げるのでした。木を見上げて、ほそい枝がおりなす、いくつものふしぎなもようや、そのすきまからのぞく、青空をながめるのがすきでした。

女の子は、いつからか、その木を、「わたしの大きな木」とよびました。

月日はながれていきました。

大きな木と女の子は、すっかりなかよしになりました。

女の子がやってきて、じっとたたずんでいると、木は、はてしない空のことや、ながいあいだ見まもってきた町のうつりかわりのようすなどを、ゆっくりと話してきかせるのでした。

小鳥たちがとんできて、木の枝にとまって、女の子といっしょに、大きな木のむかし語《がた》りに、耳をかたむけることもありました。

「大きなケヤキさんは、なんでも知っているのですね」

「ずいぶん長いあいだ、生きてこられたのですものね」

小鳥たちは、ときおり、そのように、むじゃきに口をはさんだりします。

すると、大きな木は、うれしそうに、うなずくのでした。

女の子は、大きな木に、うれしいことを話しました。

「きょうは、バイオリンの先生に、とてもよく練習《れんしゅう》してきたねって、ほめられたの」

「そうかい、それはよかったね。どうれ、きかせておくれ、その音色《ねいろ》を」

女の子は、にっこりしてうなずくと、大きな木の下で、だいすきなヘンデルのバイオリン・ソナタをひきました。おさげ髪《がみ》をゆらして、むちゅうになってひきました。

女の子は、いまはもう、4分の3のサイズのバイオリンをひいています。なめらかにあふれでる、すずやかなメロディーは、大きな木のこずえを、ふるわせました。

大きな木の下で、バイオリンをひくというのは、なんてきもちのよいことでしょう。バイオリンの音色が、こんなにもうつくしくひびくのは、はじめてのことでした。

女の子は、とてもうれしくなって、しぜんに、かろやかに、おどるように、そして、のびやかにうたうように、えんそうしました。

自分が、まるで、ずっとむかしから、大きな木にすんでいた、妖精《ようせい》だったような気がします。

だって、ほら、女の子はいま、せなかに羽《はね》のはえた妖精になって、じゆうにとびまわっているのです。

そよかぜが、木や草のかおりを、はこんできます。しぜんのここちよい空気を、むねいっぱいにすって、女の子は、いきいきとひきつづけます。

バイオリンは、大きな木や、まわりの木々のいのちとひびきあって、よろこびのうたごえとなって、どこまでも　どこまでも　ながれていきます。

日の光が、きみどりや、うすみどりや、こいみどりのさまざまな色のはっぱに、らんはんしゃして、みずみずしいみどり色の光となって、そこかしこで、きらきらとかがやいています。

うっとりするような、草木のにおいがたちこめている、みどりの光の中で、女の子は、おどりださずにはいられなかったのです。

大きな木は、とてもしあわせなきもちで、女の子がかなでる、すきとおった、やさしい音楽《おんがく》につつまれていました。

せかいじゅうの、ありとあらゆるものが、あかるい光をあびて、きらきらかがやいているようにおもわれました。

ふんわりとした白い雲も、ゆったりと、ゆめみるように、ながれていきました。

でも、ときには、女の子が、おもい足どりで、とおりすぎることもあります。そんなとき、大きな木は、しんぱいそうに、そっと声をかけて、女の子をよびとめます。

「おやおや、どうしたのかな。きょうは、元気がないね」

すると、女の子は、ふっと木を見上げて、ぽつりとつぶやくのでした。

「きょうは、なんだか、とてもつかれてしまったわ」

「そうかい、そんなこともあるだろうさ。そこのしばふの上で、休むといいよ。なにもかもわすれて、すこしおねむり。さわさわ　風もふくだろう」

女の子は、かたわらにバイオリンをおくと、さらさらしたしばふの上に、ころんとよこたわりました。

そばのうえこみの中では、ひくい木々をとりかこむように、初夏《しょか》をいろどる草花《くさばな》が、さきみだれています。みずみずしい草のにおいが、つうんと、はなをつきます。

なんとゆったりとした、よいきもちでしょう。女の子は、むねいっぱいに、若葉《わかば》のかおりをすいこみました。そして、大きな木に、にっこりわらいかけると、そっと目をとじました。

風が、ここちよく、女の子のほおをなでて、ふきすぎていきます。

大きな木は、女の子のために、すずしい木《こ》かげをつくって、しずかに、こもりうたをうたいました。

女の子は、大きな木にあえるのが、いつもたのしみでした。何年も何年もそうでしたから、これから先も、ずっと、いつでもあえるとおもっていました。大きな木の下ですごす、ゆったりとした、やわらかな時間は、えいえんにつづくようにおもわれました。


青々とした葉をしげらせた木は、きぼうにみちた、青空と海のうたを、うたっているようでした。

ひんやりとした空気のなかで、すっかり葉をおとしてしまったとき、大きな木は、はるかとおいむかしをしのんで、さみしい山のうたをうたっているみたいでした。

そんな木のすがたに、女の子は、夏のおとずれや、秋のおわりを、かんじとるのでした。

そうして、また、いくつもの　季節《きせつ》が、すぎさっていきました。

ある日、女の子は、おとうさんの仕事のつごうで、とおくの町へ、ひっこさなければならなくなりました。女の子は、このような日がくるとは、ゆめにもおもいませんでした。

女の子は、バイオリンをもって、大きな木に、わかれをつげにきました。女の子は、もう、おとな用のフルサイズのバイオリンをひいています。

女の子は、大きな木の下で、いのるようなきもちで、バッハの「G線上《ジーせんじょう》のアリア」をひきはじめました。大きな木は、女の子のかなでる音楽に、じっとききいっています。

いつのまにやってきたのか、小鳥たちも、木のえだにとまって、しんみりとしたようすで、音楽をきいています。

「おわかれなのね」

「みんな、みんな、とおりすぎていくのよ」

「かなしいけれど、このせかいは、そういうところですもの」

などと、ささやきあっています。

女の子がかなでるバイオリンは、やわらかく、ゆたかな音色《ねいろ》をひびかせます。

みんな、しあわせに　しあわせに……

そして、わたしの大きな木、いままで、かけがえのないときを、いっしょにすごせましたね。わすれないわ、いつまでも。

女の子のひたむきなおもいが、うつくしい音楽となって、大きな木にしみとおっていくのでした。

女の子がひきおえたとき、大きな木は、心をこめて、「ありがとう」といいました。

女の子は、なみだをうかべながら、たちさっていきました。

女の子がとおらなくなって、大きな木は、女の子のことをおもいながら、しずかにたたずんでいました。

ながい年月が、すぎていきました。

女の子は、すっかりおとなになりました。このせかいは、あかるい光にみちているところばかりではなく、くらく、ものがなしい、かげのぶぶんも多いことを、女の子は、いつか知りました。

でも、大きな木との、なつかしく、あたたかなおもいでが、しらずしらずのうちに、生きていく力になっていたのです。

むかし女の子だったその人は、いまでは、オーケストラの中で、バイオリンをひいています。バイオリンをひきながら、ときおり、大きな木のことを、おもいだします。大きな木の下ですごした、ゆったりとしたやさしいひとときが、いまでは、とおいまぼろしのようにかんじられます。

大きな木は、きょうも、青空のもと、風にふかれながら、ゆらゆらとまどろんで、小さな女の子のゆめをみています。

# 月ひろい

作・豊崎えい子
絵・牧野鈴子

まん月の夜。

母さんジカは、よこになったまま、じっと夜空を見上げていました。その目には、うっすらと、なみだがにじんでいます。母さんジカは、三日前に、がけからおちて、左の前足をおる、大ケガをしてしまいました。

「ぼうや、今年の月ひろいは、あきらめておくれ」

母さんジカは、子ジカに言いました。

月ひろいとは、月のうつった小川の水を、のむことでした。まん月の夜、月ひろいをすると、ねがいごとが、かなうと言われています。その小川は、山のふもとにありました。

子ジカは、まだ、いちども月ひろいをしたことがありません。けれど、いつも、その話はきいていました。母さんジカと、月ひろいをするのがゆめだったのです。

「母さん、ぼく、月ひろいに行きたいよ」

「ねがいごとでもあるの？」

「うん……」

子ジカのねがいは、母さんジカの足を、なおしてあげることでした。でも、てれくさいので、そのことは、だまっていました。

「父さんさえ、いてくれたらねえ……」

母さんジカは、ためいきをつきました。父さんジカは、半年前《はんとしまえ》、てっぽうにうたれて、なくなってしまったのです。

「母さん、ぼく、ふもとまで行って来るよ」

「いっしょでなくても、だいじょうぶ?」

「だいじょうぶさ」

子ジカは、ゆう気をふるいおこすと、そろそろと、山をおりて行きました。

「お月さま、どうか、ぼうやをおまもりください」

母さんジカは、まん月にいのりました。

月あかりが、子ジカの行くてを、ずっと、てらしています。頭の上には、いつも、まん丸いお月さま。どこまでも、どこまでも、ついてきます。

(お月さんは、母さんみたいだな)

子ジカは、そんな、やさしいお月さんに見まもられて、やっと、山のふもとへたどりつきました。ところが、小川は、どこにも見あたりません。

そこへ、草をかきわけて、しっぽをピンと立てた黒ネコが、あらわれました。

「なんだ、シカさんじゃないか」

「あっ、あの、小川はどこ？」

「おや、はじめてなのかい。おいらも、月ひろいに行くところさ。ついてきな」

「どんなねがいごとをするの？」

「ふん、それはひみつさ。ところで、きみのねがいごとはなに？」

「母さんが、大ケガをしたから、なおしてあげたくて」

「ふうん、それはたいへんだな。しっかり、月ひろいをしないとね」

と、そのとき、子ジカの前を、もうスピードでやって来たものがいます。

「あっ！」

子ジカは、よけるひまもなく、つきとばされてしまいました。

「イノシシのやつ！　だいじょうぶ？」

黒ネコが、びっくりして、かけよりました。

「うん、へいきだよ」

子ジカは、ひっしで立ちあがりました。

「みんな、月ひろいに行くのさ」

岩《いわ》あなから、ゾロゾロ出てきたのは、うさぎたち。たぬきやキツネもいます。赤んぼうをだいた、おサルさんもいました。みんな、月ひろいへまっしぐら。

しばらくすると、川のせせらぎが、きこえてきました。小川が、すぐ目の前です。

水べで、わき目もふらず、水をのんでいるのは、くまの親子。むちゅうになりすぎて、おぼれそうになっているのは、たぬきです。さきほどのイノシシもいました。バシャバシャ、大きな音をたてています。たくさんの鳥たちもいました。月ひろいは、とっくに、はじまっていたのです。

川には、大きな丸い月が、うつっていました。はじめて見る、小川の月です。小川の月は、金《きん》のうろこのように、かがやいて見えました。

（母さんの足が、早くなおりますように）

子ジカは、黒ネコのとなりで、むちゅうで小川の水をのみました。

それから、一か月がたって――。

母さんジカは、やっと、歩けるようになりました。

「ぼうやのおかげよ。ありがとうね」

母さんジカの目は、うれしなみだであふれました。子ジカが、たくましく育《そだ》ってくれたことが、なによりも、うれしかったのです。

「母さん、こんどは、いっしょに、月ひろいに行けるね」

「ええ、そうね」

母さんジカは、目をほそめて、うなずきました。子ジカは安心して、母さんジカに、思いきり、あまえたのでした。

# 小さな花

山部京子 文

倉島千賀子 絵

六月はじめ、緑山高原《みどりやまこうげん》のふもとにある、美しい花々に彩《いろど》られた咲子《さきこ》さんのオープンガーデンに、新種《しんしゅ》のバラが咲《さ》きました。

名前は『クイーン・レッド』

真っ赤《か》なビロードのような花びらに金色の芯《しん》を持つ大輪《たいりん》のバラは、若《わか》い頃《ころ》から園芸《えんげい》ひとすじに打ち込んできた咲子さんが、ようやく完成させた最高傑作《けっさく》です。

「ほう、これは素晴《すば》らしい！」

「気品があって、まさにバラの女王《じょおう》ですねえ」

訪《おとず》れる人たちのほめ言葉に、クイーン・レッドは、誇《ほこ》らしげに輝《かが》いています。

そのクイーン・レッドを、まぶしそうに見上げる小さな花がありました。

小鳥が運《はこ》んできた種《たね》から自生《じせい》した名もない雑草《ざっそう》で、ひょろりとした茎《くき》や葉に、水色の粒《つぶ》のような花を、ポチポチとつけています。

クイーン・レッドを見に来た人たちに、小さな花も、せいいっぱい背伸《せの》びして顔を上げますが、だれもふり向いてくれません。

「わたしも花の仲間《なかま》なのに……」

小さな花は、悲《かな》しくなりました。

夏が近づき、クイーン・レッドの花も咲き終わる頃《ころ》、スズメが遊《あそ》びに来ました。

「こんにちは、お花さん」

「え？　わたし……？」

小さな花は、びっくりしました。

だれかに話しかけられるなんて、はじめてだったのです。

うれしくて思わず涙《なみだ》ぐんだ小さな花に、スズメがたずねます。

「あれ、なんで泣《な》いているの？」

「だって、わたしのことなんか、だれも気にかけてくれなかったんだもの」

小さな花は、少しくやしそうに言いました。

「わたし、小さいし地味《じみ》だから、だれにも見てもらえないの。ああ、クイーン・レッドさんのように、大きく目立つ花になりたい！」

「ふうん……きみもかわいいと思うけど……」

小首《こくび》をかしげたスズメは、いいことを思いついたように羽をふりました。

「大きくなりたいなら、ぼくが、高原《こうげん》の上まで飛ぶ練習《れんしゅう》をしているみたいに、きみもトレーニングしてみたら？　一緒《いっしょ》にがんばろうよ」

ちょうど、咲子《さきこ》さんが、植物《しょくぶつ》たちの世話《せわ》をお弟子《でし》さんに任《まか》せて、三ヶ月ほど、海外《かいがい》の庭園視察《ていえんしさつ》に出かけることになりました。

オープンガーデンも、しばらくは休園《きゅうえん》です。

今がチャンス！　小さな花は、咲子さんが帰ってくるまでに、トレーニングをして、大《だい》変身《へんしん》しようと決心しました。

いつもは身体《からだ》をしならせてやり過《す》ごしていた風にも、踏《ふ》ん張《ば》って立ち向かい、茎《くき》を太く強くします。

雨の日は、小さな葉をいっぱいに広げて、たくさんの水を飲《の》んで背《せ》を伸《の》ばし、カンカン照《で》りの日には、暑《あつ》さをガマンして、花の色が濃《こ》く染《そ》まるようにします。

「ここでがんばれば、みんなに注目される大きな花になれるんだ……」

小さな花は、夢《ゆめ》を大きくふくらませて、ハードなトレーニングに励《はげ》みました。

スズメも、だんだん高い所まで飛びながら、朝日のカケラや、雲のベールの切れ端《はし》などを見つけてきては、小さな花を飾《かざ》ります。

そして、木の葉が舞《ま》いはじめたある日。

小さな花は生まれ変わったように大きくなり、光やベールをまとった青いシュークリームのような花を、ずしりと咲《さ》かせたのでした。

「どう？　スズメさん」

「ハハ……ほんとに大変身《だいへんしん》したねえ」

スズメが笑《わら》ったとき、後ろでカサっと音がしました。

いつのまにか庭に入りこんだ野良猫《のらねこ》が、スズメをねらっていたのです。

「あぶないっ、スズメさん！」

小さな花が叫《さけ》んだときは、猫はもう飛びかかりそうに迫《せま》っています。

「どうしよう……何とかしなきゃ！」

小さな花は、夢中《むちゅう》でブルブルっと身体を震《ふる》わせました。

花を飾《かざ》っていた光が、ピカーッ！　と飛んで、目がくらんだ猫が一瞬《いっしゅん》ひるみます。

「スズメさん、今よ！　逃《に》げてーっ！」

けれども、あわてたスズメは、そばの枝《えだ》に羽《はね》をひっかけて痛《いた》めてしまったようです。

「ようし、次はこれで……」

小さな花は、力をふりしぼって、もう一度身体を震《ふる》わせました。

雲のベールが、煙幕《えんまく》のように猫の行《ゆ》く手《て》をはばみ、その間に、スズメは、羽をひきずりながら安全なところに逃《のが》れることができました。

「よかった！」

小さな花が、ホッとしたとたん……

バシン！　怒《おこ》った猫が、強烈《きょうれつ》なパンチを、振《ふ》

り下ろし、悲鳴《ひめい》を上げた小さな花は、茎《くき》の真ん中から、グニャリと折《お》れ曲《ま》がってしまいました。

光やベールの飾《かざ》りも失《うしな》った重たい花が、ペタン！　と、地面《じめん》に叩《たた》きつけられます。

ふくらんでいた夢《ゆめ》もいっぺんに砕《くだ》けて、小さな花は、無残《むざん》な姿でうなだれました。

そんな小さな花に気づいたのが、夕方、水をまきにきたお弟子《でし》さんです。

「何かしら？　この気持ち悪い雑草《ざっそう》…花みたいなブヨブヨは、虫の卵《たまご》かもしれないわ」

顔をしかめたお弟子さんは、茎を引っ張って取ろうとしましたが、トレーニングで強くなった根は、なかなか抜《ぬ》けません。

すると、お弟子さんは、ポケットからハサミを取り出し、折《お》れた茎を、バッサリ斬《き》り落としてしまったのです。

「痛《いた》い！　痛いよ……」

切られた痛みと失望《しつぼう》の痛みの中で、小さな花は、とうとう枯《か》れてしまいました。

数日後、疲《つか》れた様子《ようす》の咲子《さきこ》さんが視察《しさつ》旅行から帰って来ました。

「ここに帰ると、ホッとするわねぇ……。憧《あこが》れていた外国の立派《りっぱ》な庭園《ていえん》は、どれも素晴《すば》らしかったけど、小さな野の花たちも仲間になっているこの庭が、やっぱり一番好きだわ」

えっ……？　地面の下で、何とか根だけ生き残っていた小さな花は、驚《おどろ》きました。

咲子さんは、自分のような小さな花たちも、庭の仲間として認《みと》めてくれていたのです。

なのに、だれにも注目《ちゅうもく》されないとひがんで、大きくなることばかり夢見ていたなんて…

「わたし、なんてバカだったんだろう……」

後悔《こうかい》しながら、小さな花は泣《な》きました。

泣き続けるうち、木枯《こが》らしが吹《ふ》き、冬がやって来ました。

咲子さんが、寒さから花たちを守るためのワラやコモをかけています。

羽の傷《きず》が治《なお》ったスズメが会いに来ましたが、枯《か》れてしまった小さな花を見ると、チュン

…と、悲《かな》しそうに鳴《な》きました。

「ごめんね……ぼくのために、ごめんね……」

クリスマスには雪が積《つ》もり、白く覆《おお》われた地面の下では、ミミズが耕《たがや》したやわらかな土が、小さな花の根を、優《やさ》しく包《つつ》みます。

「ああ、あたたかい……」

クリスマスの鐘《かね》をききながら、泣《な》き疲《つか》れた小さな花は、深い眠《ねむ》りに落ちてゆきました。

再《ふたた》び春がめぐり、クイーン・レッドは、順《じゅん》調《ちょう》に女王《じょおう》の装《よそお》いの準備《じゅんび》をしています。

手入れに来た咲子さんが、あらっ？ と、小さな花があったところに目をやりました。

枯《か》れた茎の根元から、小さな花の新しい芽《め》がのぞいていたのです。

「まあ、かわいい芽！」

新しい芽は、スクスクと育ち、若草色《わかくさいろ》のしなやかな茎と葉の間に、水色の雫《しずく》のようなつぼみを、たくさんつけました。

それは、泣《な》いて、泣いて…泣き続けた小さな花の涙《なみだ》のようにも見えます。

「きれいなつぼみ……ここに、こんなステキなお花があったのね」

喜んだ咲子さんが触《ふ》れると、つぼみが次々に開き、ほのかな甘酸《あまず》っぱい香《かお》りが漂《ただよ》いました。

咲子さんが、ハッと花に顔を寄《よ》せます。

「この香り…胸《むね》がキュンとなって、何だか青春時代《せいしゅんじだい》を思い出すわ…あの頃《ころ》の私は、園芸《えんげい》家《か》になる夢を追いかけて、背伸《せの》びしては挫折《ざせつ》して、近くの野原で泣《な》いてばかりいたっけ…。でも、そのときの涙や、元気をくれた小さな野の花たちが、私やこの庭の原点《げんてん》なのよね…」

咲子さんは、小さな花をいとおしそうになでて言いました。

「クイーン・レッドを作ってゴールしたと思ってたけど、まだまだね…私の本当の夢は、作ったお花も自然《しぜん》の小さなお花も仲良《なかよ》く咲《さ》いて、つらいときも、そんなお花たちに会って、元気になれる庭…。あなたの香りのおかげで、その夢《ゆめ》をもっと追い続けてみたくなったわ」

チュン、チュン！　と、スズメがうれしそうに舞《ま》い降りてきました。

「よかった！　もう会えないかと心配したんだ…あのときは助けてくれて、ありがとう」

「わたしこそ、ありがとう。スズメさんとトレーニングして根が強くなったから、生きていられたの。また小さくなっちゃったけどね」

「そのほうが、きみらしくていいよ。それに良い香《かお》りだね。なんか胸が熱《あつ》くなるみたい…」

スズメは、ふと緑山高原を見上げました。

「ぼく、羽《はね》を痛《いた》めてあきらめてたけど、…やっぱり、もう一度トレーニングして、あの高原の上まで飛べるようになりたいな」

「ワァ、がんばってね！　スズメさん」

六月になり、クイーン・レッドは美しく咲いて、大勢《おおぜい》の人が観賞《かんしょう》に訪《おとず》れますが、小さな花に目をとめる人は、あまりいません。

でも、小さな花は幸せでした。

咲子《さきこ》さんが、名前をつけてくれたのです。

『リトルプリンセス・夢《ゆめ》の香《かお》り』

だれかの夢をふくらませるのも、ステキな夢…。

小さな花は、咲子さんが作ってくれたかわいい名札《なふだ》のそばで、スズメのトレーニングを応援《おうえん》しながら、小さくても、夢の香りいっぱいの花を咲かせるのでした。

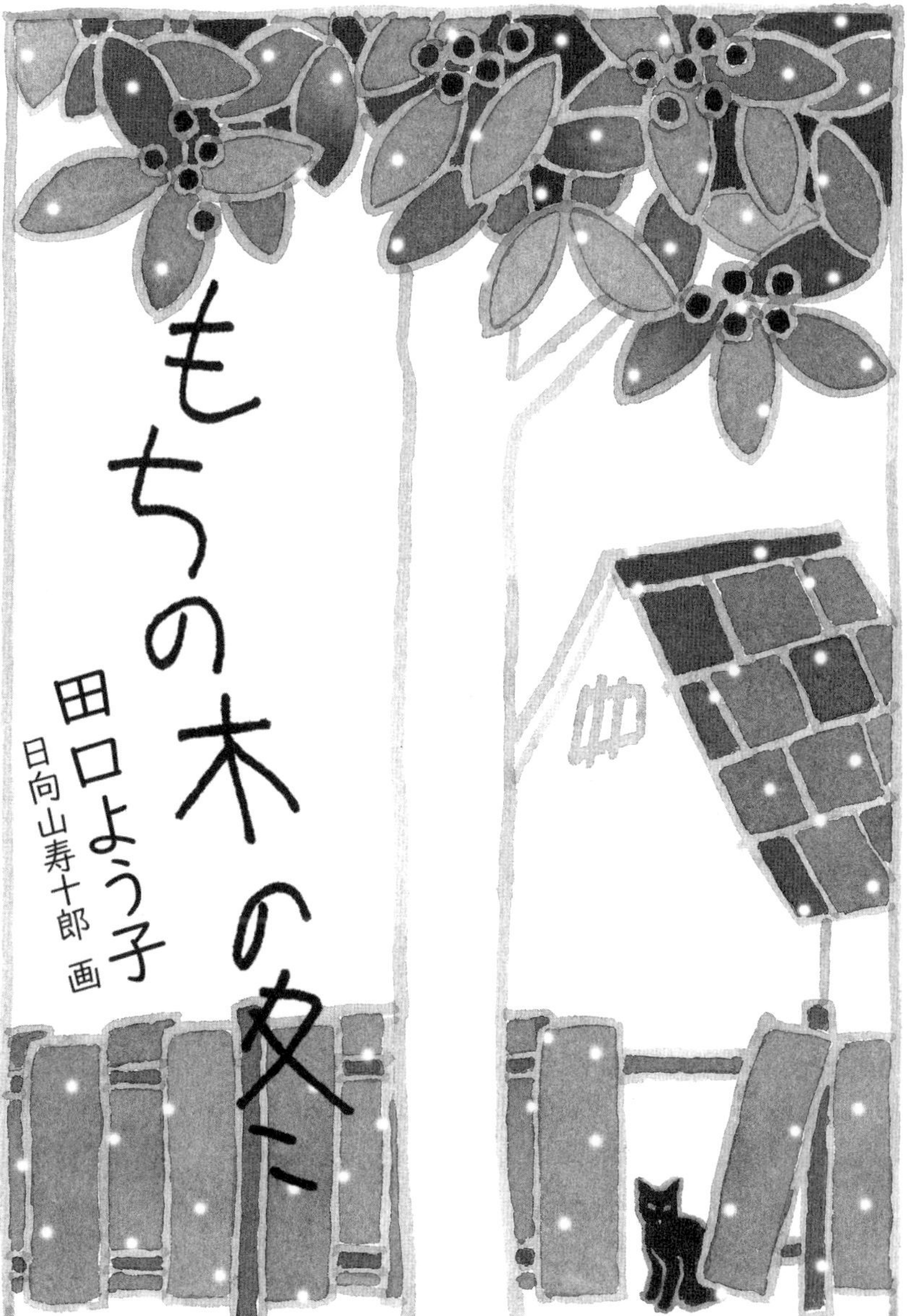
もちの木の冬
田口よう子
日向山寿十郎 画

長い間、空《あ》き家《や》だった隣家《りんか》に新しい住人《じゅうにん》が引《ひ》っ越《こ》してきたのは、わたしが十五歳《さい》の十一月だった。

晴《は》れた日曜日の午後、大通りから山の手へ登《のぼ》ってくる道を、小型トラックが何の前ぶれもなくあがってきて、ベビーダンスや、小型冷蔵庫《れいぞうこ》、〝モチノキベイス〟と横書きした食《しょく》品《ひん》らしいダンボール箱《ばこ》をいくつかスレート屋根《やね》の簡素《かんそ》な家に運びこんだ。

夫婦《ふうふ》らしい若《わか》い男女と、いがぐり頭の少年のほかには手伝いの者はいなかった。空《から》になった軽《けい》トラックはいったん坂道を下っていき、夕方、七、八歳くらいの女の子を助手席《じょしゅせき》に乗せて戻《もど》ってきた。紺色《こんいろ》の胸あてズボンをはいた、耳が上向きに尖《とが》った子だ。

久《ひさ》しぶりに明かりの点《つ》いた隣家《りんか》のガラス窓《まど》が開き、母親が低い声で子どもの名前を呼んだ。偏平《へんぺい》な白い鼻《はな》が上唇《うわくちびる》にくっついているような印象《いんしょう》の横顔は、たったいま非日《ひ》常が始まってしまった――というわけのわからないドキドキ感と、強い好奇心《こうきしん》をわたしに覚《おぼ》えさせた。

とりたてて特徴《とくちょう》もない温和《おんわ》な表情の男は、作業帽《さぎょうぼう》をかぶり、作業服《ふく》を着ている。

男は機敏《きびん》に運転席から下りると反対側のドアにまわり、しっかり子どもをかかえおろした。

赤いリボンで頭頂《とうちょう》の髪《かみ》を細いツノのように結《ゆ》わえた子どもは、待っていたと言わんばかり、踊《おど》りあがって玄関《げんかん》のわずかに開いたドアの中に駆《か》けこんでいった。

空想癖《へき》のあるわたしの高ぶりを、母はいつものくせがまたはじまった——と軽く笑《わら》いとばした。


数年前、庭に植《う》わったもちの木がことのほか気に入り、借《か》りることになったわが家と、隣家《りんか》の境《さかい》を、青苔《あおごけ》の生えた低い板塀《いたべい》が仕切っているのだが、ところどころ壊《こわ》れていて、土曜日の午後や、日曜日、わたしの家事手伝いの一つになっている庭掃除《そうじ》をしていると、迷《まよ》い犬や、野良猫《のらねこ》がひょっこり現れたりする。

〝あけみちゃん〟という女の子も引っ越《こ》しの翌日《よくじつ》には壊《こわ》れた板塀《いたべい》の隙間《すきま》からやすやすと越境《えっきょう》してきた。

もちの木はひたすら天に向かって、枝《えだ》もださずまっすぐに伸《の》び、伸びきった先端《せんたん》に葉が繁《しげ》り、やがて冠《かんむり》のような円型《えんけい》の形がととのう。

みぞれが降《ふ》り、粉雪《こなゆき》が舞《ま》い、このまちの寒さが底になる頃、濃《こ》い緑色《みどりいろ》の冠《かんむり》を無数《むすう》の赤い実が飾《かざ》りはじめる。わが家のもちの木にもぽつぽつ実は付いているが、色褪《あ》せた葉もかなり混《ま》じっていた。あけみちゃんはその木のテッペンを食いいるように見上げている。まるで木の健康《けんこう》を診断《しんだん》する樹木医《じゅもくい》のように。

根もとに腐葉土《ふようど》をすきこんでやれば、また、元気になるのかしら——と母が心配したのはついこの間だっ

た気がする。

小雨の日には傘《かさ》をさし、風の日はマフラーを巻《ま》き、夕方になるときまってあけみちゃんはやってくるようになった。そして、何か、しきりに灰色《はいいろ》の幹《みき》に話しかけている。

隣家《りんか》に明りがともるようになって一週間ばかり過ぎた。気になるのは転居《てんきょ》の挨拶《あいさつ》が新しい住人《じゅうにん》からはないことだった。

二十歳《はたち》を少し出たくらいのカップルにそんな心づかいを期待《きたい》するのがムリなのかな――母は仕方なさそうにつぶやいた。

丸顔《まるがお》でつり目のあけみちゃんを、細《ほそ》おもてにまとめなおしたような母親をたまに見かけることはあったが、引《ひ》っ越《こ》しの日以来、父親はぷっつり姿がなかった。けれど、まだ夜の明けきらない早朝、決まってトラックが出ていくので、魚河岸《うおがし》か、青果市場《せいかいちば》の仕事をしているのかもしれなかった。

不思議《ふしぎ》なことはその他《ほか》にもあって、隣家からはあけみちゃんのカン高いお喋《しゃべ》り以外《いがい》、人声がしないことだった。ひとり語《がた》りは脈絡《みゃくらく》がなく耳を澄《す》ませても意味はとれない。その代わりというのか、つねに「音」が洩《も》れていた。いや、音というより「静かな騒音《そうおん》」といったほうがいいのかもしれない。CD《シーディー》とも、テープともつかないアップテンポの音楽がそれなりの音量《おんりょう》でかかっているのである。

風の強い日にはもちの木の葉《は》擦《ず》れのようにも聞こえたりする。

相変《あいか》わらずあけみちゃんはやってくるが、もちの木以外には関心を示《しめ》さない。フォックスのぬいぐるみを抱《だ》いたり、どこかで見たような薄茶《うすちゃ》の菓子袋《かしぶくろ》を持ち、木の下にじっと立ち続けているのである。

わたしにも幼《おさな》い日、影《かげ》を長く曳《ひ》いた公園《こうえん》のもちの木に、自分の短い背丈《せたけ》を重ね、立っていた記憶《きおく》がある。ひろい、ひろい大空。あの空を小鳥になって飛んでみたい――と願《ねが》いながら。飛んでいれば、飛び続けていれば母を乗せたバスが、公園前の停留所《ていりゅうじょ》に着《つ》くのを、いち早く見つけることが出来る。見つけたら急降下《きゅうこうか》で舞《ま》いおり、仕事を終えた母の肩《かた》にのっかって、市営団地《しえいだんち》のふたりきりの住《す》まいに帰っていくのだ――と。

あれから、もう八年になる。
日曜日と隔週《かくしゅう》の土曜日しか休みのとれない職場《しょくば》に母はいまも通《かよ》っている。春になればわたしは、高校一年生だ。

どうしようもなく手もちぶさたな日、ひとりっきりでやってくるあけみちゃんにわたしはなんとか話しかけてみたかった。もちの木の黄《き》ばんだ葉が少しずつ風に飛ばされて、だんだんみどりが増《ふ》えていくね――もちの木が喜んでいるわね、と。しかし、まるで危険《きけん》でも察知《さっち》したかのようにあけみちゃんはクルリと背《せ》を見せて走り去ってしまう。

十二月に入ると海風《うみかぜ》が海峡《かいきょう》から吹《ふ》きあげてくるようになった。九州最北端《きゅうしゅうさいほくたん》にあるこのまちの冬は速足《はやあし》でやってくる。冬仕度《ふゆじたく》を急がねばならない。

次の連休《れんきゅう》には母と駅前の量販店《りょうはんてん》に暖房器具《だんぼうきぐ》とコーヒーメーカーを買い換《か》えに出かける予定だ。


母のいない土曜の正午《しょうご》――その日も木枯《こが》らしが吹《ふ》きつのっていた――。聞き覚《おぼ》えのあるエンジンの音が風に混《ま》じって聞こえてきた。タマゴサンドと、ミルク入りの紅茶《こうちゃ》と、みかんを食べ終わると何げなくわたしはレースのカーテンごしに外を見た。

スレート屋根の家からベビーダンスや、小型冷蔵庫《れいぞうこ》、ポットや掃除《そうじ》道具が運び出されていた。引《ひ》っ越《こ》してきた時とは別の少年がふかふかの銀色《ぎんいろ》の襟巻《えりま》きをして若《わか》い夫婦《ふうふ》を手伝っていた。

モチノキベイス、と書かれたダンボール箱《ばこ》もひと月たつと箱の数は減《へ》っていた。いつもあけみちゃんが手にしていた揚《あ》げ菓子の袋《ふくろ》の絵が今日ははっきり見えた。リングドーナツが詰《つ》まった薄茶色《うすちゃいろ》の袋だ。

いったい、この人たちはどこへ行くのだろう。くたびれたもちの木を探《さが》して次の場所に行く、そんなミッション※が組まれているのだろうか。

※使命。任務

強風《きょうふう》に飛ばされそうな程《ほど》に古びたドアから、あけみちゃんは母親に手を引かれ、漸《ようや》く出てきた。一つのストーリーを締《し》め括《くく》るように、あけみちゃんは子どもながらりんとしていた。この家にやってきた時とは違《ちが》い左右《さゆう》の耳のそばに青いリボンを一つずつ付けていた。短いコートも着ていた。母親がドアに鍵《かぎ》をかけると、風にあらがいながらあけみちゃんはわが家《や》のもちの木を振《ふ》り返《かえ》った。わたしとあけみちゃんの視線《しせん》がピッタリ合った気がした。わたしの胸《むね》は高なった。いつものようにあけみちゃんは揚《あ》げ菓子《がし》の袋《ふくろ》を握《にぎ》りしめている。モチノキベイスはあけみちゃんのおやつだったのだ。いや、主食《しゅしょく》だったのかもしれない。いや……。

顔のまん中に目も鼻も口も作りのすべてが寄り集まったような母親と、リボンを初冬《しょとう》の嵐《あらし》にあおられている子は、荷台《にだい》を空《から》にして戻《もど》ってきた小型トラックの運転席に並《なら》んで座《すわ》った。

なぜか、この不思議《ふしぎ》な家族《かぞく》を不思議な安堵感《あんどかん》が包《つつ》みこんでいるようにわたしは感じた。発進する前にトラックはクラクションを一回、高らかに鳴《な》らした。それはわが家のもちの木への別れの挨拶《あいさつ》だったのだろうか？

わずか一カ月でいなくなった奇妙な住人《きみょうじゅうにん》について、わたしはいつまでも、いつまでも考えこんだ。

そんなに考えこまなくていいのよ――と母はサラリと言った。

世の中にはいろんなことがあるのだから。あの人たち、何も悪《わる》いことはしなかった。もくもくと一生懸命《いっしょうけんめい》生きていた。子どもだけどあけみちゃんもそうだった。ただそれだけのことよ。見かけが妙《みょう》だから、口を利《き》かないからと気にしていたら、前には進んでいけないでしょ。わたしたちだって他《ほか》の人にどう思われているかわからないわ――母はいつもの穏《おだ》やかな笑顔《えがお》になっていた。

ほどなく、隣家《りんか》は跡形《あとかた》もなく取り壊《こわ》された。わたしの非日常《ひにちじょう》も古い家と共に消《き》えていったいまは、落葉《おちば》の吹《ふ》き溜《だま》る日あたりのよい空地《あきち》である。

その空地に、以前よりぐんと勢《いきお》いづいたわが家のもちの木の影《かげ》が伸《の》びて、スレート屋根の、家の窓があったあたりからCD《シーディー》の音が、時折《ときおり》、聞こえてくるような気持ちがする。

# 雲のリュウ

作・かとうけいこ
絵・池田げんえい

わたしの時計は、十一歳《さい》のまま止まっていた。

この二年間、さびしさに耐《た》えられず、うんざりして、ほとほと嫌気《いやけ》がさしていた。情《なさ》けないけど……、ためいきばかりついていた。

とにかくわたしは、無気力《むきりょく》だった。

久《ひさ》しぶりに塾《じゅく》も休み。母親は親戚《しんせき》の結婚式《けっこんしき》で留守《るす》。お姉ちゃんはバイト。たった一人の日曜日だった。

遅《おそ》い朝食をすませ、部屋でごろごろしていた。

窓《まど》の外に、ふと目をやった。（雲の流れがはやいなあ……）メロンみたいな雲に、ワニの口がパクついた。しばらくぼーっと空を眺《なが》めていると、うとうとし始めた。


「あっ、雲のリュウだ」

わたしは、目を疑《うたが》った。さっきまでホワホワした綿《わた》のかたまりみたいな雲ばかりだったのに、そのリュウのうろこはゴツゴツしていて、さわると痛《いた》そうだった。

何度瞬《まばた》きしても、十数えてからふり返っても、二階《かい》の窓から見える空に横たわっている。

純白《じゅんぱく》のリュウは、まなざしは鋭《するど》く、ゆらがないでわたしを見つめている。ヒゲなんかピンとかっこいいしさ。（そのまま、美術館《びじゅつかん》へ連れて行ってもいいわね）と見とれてしまった。

「早く、願《ねが》いごとするならいえよ」

そのリュウが、にらみながらわたしに話しかけた。

「えっ、願いごと聞いてくれるの？」

「そうだよ。みつかっちまったからにはお役目果《は》たすまで帰れないんだ」

「みつかっちまったって、ぐうぜんうちのそばを通ったあなた、自分のせいじゃないの」

「だから、今どきぼけーっと窓の外なんか見ているひまな子どもなんか、絶滅《ぜつめつ》しちまったんだ、とばかり思いこんでいたんだよ」

「まあ失礼な。ぼけーっとなんかしてないわ。それにひまな子どもじゃないし。人生に疲《つか》れちゃったのよ。人の苦労《くろう》も知らないくせに」

リュウは、ぐいっと正面に向きを変えた。

「おまえいくつだよ。生意気《なまいき》な話じゃないか……。まあいいや、そんじゃその苦労っつうのを消してやるよ。どんな苦労なんだ」

「え、まじ？」

わたしは、おもわず正座《せいざ》した。

「どうしたんだよ。苦労してたんだろ」

「うーん、でも他《ほか》の願《ねが》いごとじゃだめ？」

「いいけど、なんだよいってみろよ」

「あなたとずっと話をしていたい。友だちになってくれる？」

「・・・・・・」

リュウは、とてもこまったようすでわたしを見つめた。

「どうしたのよ。何でも願いごとをひとつ叶《かな》えてくれるんでしょ」

「ちょ、ちょょっとまて」

リュウはあわてて、自分に言いきかせた。

「考えさせてくれ、な、なんだあ。と、友だちだとお。なんだよそれ」

「ちょっと、少しかっこいいと思って、いい気になってないこと？　本当は願いごとなんて、聞けないいんじゃないの」

「おまえさ、人生に疲《つか》れていたんだろ？」

「そうよ」

「どうしてそんなに元気なんだよ。おまえもいいかげんなやつなんじゃないの？」

ぐさっときたその言葉に、涙《なみだ》があふれた。不覚《ふかく》にもリュウに見られ、すがりたくなって泣《な》き声で続けた。

「疲《つか》れてたけど、……リュウにあえたら……うれしくて……吹《ふ》き飛《と》んじゃったの。だから、苦労は消《け》さなくていいから、時々わたしに会いに来てほしいの」

「オレも、そうしたいのはやまやまなんだが、人間とオレじゃ生きているサイクルっつうのかさ、なんていうのかさ、ちがいすぎるんだよね」

「わかんない、どういうこと」

「オレが、また、ここに来ることができるのは少なくとも三十三年後《ご》になるんだよ。おまえ待ってられるか?」

「三十三……?」

涙《なみだ》は、あふれて来るばかりだった。

「ほら、むりだろう。そりゃあよ、窓《まど》の外をぼけーっと見ているような、今どきめずらしい人間の子どもとは友だちになりたいさ。だけどその願いごとはオレにとってもおまえにとってもつらかねえか?」

わたしは、グズグズ鼻水《はなみず》も出てきた。

「わかったわ、でもわたしリュウのこと一生忘《わす》れないから。三十三年後、絶対《ぜったい》会いに来て……あ、これはね、願いごとじゃないから、ひとりごとだから、忘《わす》れちゃってもいいよ」

「それじゃあ、まだここを立ち去るわけにいかないよ」

「どうしてよ、さっさといけばいいでしょ。父さんみたいに」

「えっ」と、リュウは首をかしげて聞き返した。

「ひとりだけで病気と闘《たたか》って、母さんもこぼしてたわ……お姉《ねえ》ちゃんだって……。わたしたちにはなんにもうち明けてくれずに、さっさと、逝《い》ってしまって……。残《のこ》されたわたしは、このさみしさを何で埋《う》めたらいいのよ。少しは、……一緒《いっしょ》に悩《なや》んであげたかったじゃないのよォ……」

ヒラヒラ空に揺《ゆ》れながら、リュウは怖《こわ》い顔を困《こま》ったような、情けない顔に変えていた。

「そんなにおこるなよ。泣《な》くな。今、すぐおまえを乗せてやるよ。天国《てんごく》までは届《とど》かないが、父さんに声が届く

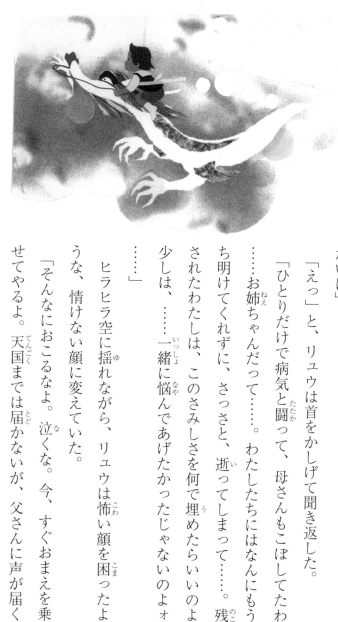

ところまで、空高くそこらへん一周《いっしゅう》してこよう、なっ」

わたしは、リュウの言葉に一瞬《いっしゅん》迷《まよ》ったが、

「こわくない？」と、聞いていた。

「だいじょうぶ、おまえの願いごとなら天の主《ぬし》がオレに魔力《まりょく》を与えてくれるんだ。窓《まど》を開けてごらん」


そっと窓ガラスにふれただけなのに、いつのまにかリュウの頭の上に座《すわ》っていた。大きな白い座布団《ざぶとん》みたいで、案外柔《あんがいやわ》らかい。

まるでテレビ番組《ばんぐみ》「日本昔話《にほんむかしばなし》」のオープニングだ。

リュウが一匹《ぴき》大空に身をくねらせてうかび、これから物語をくりひろげようとしている。

「ねえ、一つわがまま聞いてくれる？」

「何？」

「そのヒゲ、長い方のやつ、つかまらせてくれないかな」

リュウは少し困《こま》っているみたいだった。

「えっ、ま、まあいいか、願いごとの主だもんな」

「うわーい、わーい」

と、わたしは幼《おさな》い子のようにはしゃいだ。

「あまり根元《ねもと》まで手をすべらせるなよ」

「どうして？」

「ふりおとされるぞ」

「だって魔力《まりょく》で安全なんでしょ」

「おまえはな」

「えっ」

「オレが困《こま》るの」

わたしはいたずら心がわいた。手をヒゲの根元へすべらせた。

「ウヒャーよせ、やめてくれ」

リュウが突然《とつぜん》のたうちまわった。

ふり落とされるというのでなく、ちっともリュウから離《はな》れる心配なんてないのに、リュウが身体《からだ》をくねらせている。

わたしは、リュウのことが心配になって、

「ど、どうしたの？」

と尋《たず》ねた。

「くすぐったいんだよ。そんなとこつかみたがるなんてとんでもない、そもそも、オレに乗る人間なんているはずがないんだからな」

「なーんだ、心配してそんした。またすべらせせちゃおうかな～」

「やめろよな、おまえの涙《なみだ》にだまされた気分だぞ。せっかく空を飛んでるんだからおとなしく景色《けしき》を眺《なが》めて見ろよ。なっ、景色だぞ。オレの身体であそぶなよ」

「はーい」わたしはうつぶせになり、目を閉《と》じてリュウの頭に頬《ほお》をつけてみた。温《あたた》かかった。やわらかな雲のふとんにのっているんだなぁ～、そう思うとなんだか絡《から》まった糸がほどけていく感じがする。心がとけていくようだ。

遠くに視線《しせん》を移《うつ》した。緑《みどり》がまぶしいジオラマの上をゆっくり進《すす》んでいる。ふしぎとわたしのまわりには風が来ない。

リュウのバリヤーに守《まも》られていた。

「おまえはオレと友だちだっていってくれた。だのにオレはおまえをそばで守ってやれない。だが、三十三年後きっと、おまえのもとに、現《あらわ》れることを約束《やくそく》しよう。それでいいかい」

わたしは言葉《ことば》じゃなく、リュウの頭をなでて応《こた》えた。

頬《ほお》を押《お》し当てると、流《なが》れる涙《なみだ》がリュウの頭に伝《つた》わった。

リュウがびくんとしたのを感じていた。

「雲のリュウ、ありがとう。わたしにたいせつなことを思い出させてくれたわ。二年前でわたしの時間は止まっていたの。父さんの亡《な》くなった病室《びょうしつ》でずっと悲《かな》しんでる女の子のままだった。でも、リュウが現《あらわ》れてくれた。そして、友だちになってくれた。わたし、今、十三歳《さい》になれた気がする。雲のリュウ、本当にありがとう」

「そのまま安心しておやすみ。眠《ねむ》ってる間に送りとどけよう。二年分の疲《つか》れを今眠ることで、回復《かいふく》させられるはずだ。これからずっと永遠《えいえん》にオレの大切な友だちだからな……」

リュウの声が心地《ここち》よく、父さんの歌う子守歌《こもりうた》に聞こえていた。いつのまにか、わたしは熟睡《じゅくすい》していた。

「ごはんだよ。奈緒子《なおこ》、いいかげんにおきなさい」

お姉《ねえ》ちゃんの呼《よ》び声に目を覚《さ》ましたとき、窓の外は夕闇《ゆうやみ》の藍色《あいいろ》に染《そ》まっていた。

雲のリュウのしっぽがうっすら見えたように思えた。

# バースデイ・豆《とう》腐《ふ》

作・白谷明美
絵・吉野晃希男

蝉《せみ》は、朝から力いっぱい鳴《な》いています。

将吾《しょうご》は、涼《すず》しい縁側《えんがわ》に腰《こし》かけて、本を読んでいます。

おじいちゃんは、区長会《くちょうかい》の旅行《りょこう》でいません。お父さんとお母さんは、弟《おとうと》と妹《いもうと》を連《つ》れて、買い物に出かけました。

家の中は、しーんとしています。

「ひと休みしないかい」

おばあちゃんが、冷《つめ》たい麦茶《むぎちゃ》を持ってきて、将吾のそばに腰《こし》かけました。

「ありがとう」

将吾は、麦茶を飲《の》みながら、以前から尋《たず》ねてみたいと思っていたことを口にしました。

「おばあちゃんは、いつ、先生になりたいと思ったの?」

「そうだね。きっと、あの時だろうね」

おばあちゃんは、むくむくと湧《わ》き上がる入道雲《にゅうどうぐも》を見つめながら言いました。

「教えて、おばあちゃん」

おばあちゃんは、しばらく考えていましたが、ぽつりぽつりと話し出しました。

あれは、私が、将吾《しょうご》と同じ小学校の五年生の時だったよ。戦争《せんそう》が終わって、五年目の夏だったね。

その頃《ころ》、私は、母さんと二人、倉庫《そうこ》のような小屋でくらしとった。父さんも弟も妹も戦争が、殺《ころ》してしもうたからなあ。

戦後《せんご》は、なかなか食べ物が、手にはいらなくってなあ。母さんは、小屋の前のわずかな土地を耕《たがや》して野菜畑《やさいばたけ》にしてなあ。いつも、ぴいぴい泣《な》いている私の腹《はら》の虫を黙《だま》らせようとした。ひと切《き》れの芋《いも》、ひと切れのかぼちゃ、ひと切れの大根のしっぽ……。小さなひと切れだったなあ。（いけない、いけない）と思いながら、私は、母さんの分《ぶん》まで食べてしもうとった。でも、腹の虫は、一向《いっこう》に泣きやまなかった。

ところが、学校に行くと不思議《ふしぎ》なことに、私は、お腹《なか》のことを忘《わす》れた。学校が、大好きだったからなあ。

夏休みが終わって、二学期《がっき》が始まった。私らは、担任《たんにん》の佐千子《さちこ》先生から、〈物の数《かぞ》え方《かた》〉をお習いしとった。易《やさ》しい数え方から、だんだんと難《むずか》しい数え方になった。

「では、豆腐《とうふ》の数え方は？」

佐千子先生は、みんなに尋《たず》ねられた。みんな黙《だま》って考え込《こ》んだ。

私は、私の誕生日《たんじょうび》に豆腐を買いに行った日のことを思い出していた。あの日、私は、豆腐屋さんに行って、

「この、『大きなひと切れ』ください」

と、大きなに力を入れて言った。すると、豆腐屋のおっちゃんは、それこそ、どでかい声で、

「豆腐、デカひと切れ」

と言って、私の持っている小鍋《こなべ》に豆腐を入れてくれた。

私は、その時のおっちゃんの威勢《いせい》のいい

声を思い出しながら、

「はい、『デカひと切れ』です」

と、勢《いきお》い込《こ》んで答えた。すると、級長《きゅうちょう》の原君《はらくん》が、

「豆腐は、一丁《ちょう》、二丁、三丁と数えるんだ」

と、事も無《な》げに言った。

とたんに、みんなは、私を指差《ゆびさ》して、げらげらと笑《わら》い出した。私は、呆然《ぼうぜん》と立ち尽《つ》くした。すると、先生は笑っているみんなを、ギリリッとにらまれた。みんなは、頬《ほお》を強《こわ》ばらせた。先生が、怒《おこ》っているとわかったからだ。

先生は、まだ、突《つ》っ立っている私の側《そば》にやってきて、肩《かた》に手をやり私を椅子《いす》に掛《か》けさせた。そして、弾《はず》んだ声でおっしゃった。

「絢《あや》ちゃん、『デカひと切れ』って粋《いき》な数え方ね。でっかくてまっ白な豆腐が、すぐに、浮《う》かんできたわ。どんな時の数え方か教えてくれない」

すると、みんなも、身《み》を乗り出して、私をじっと見つめたんだよ。

だから、私は、私の誕生日《たんじょうび》の日の出来事を話してしもうたんだよ。その日、私の十歳《さい》の

誕生日の日。母さんは、仕事場《しごとば》から早く帰って来たんだよ。そして、にこにこしながら言ったんだよ。

「絢《あや》ちゃん、豆腐買って来てくれない」

私は、すぐに、豆腐を買って来た。そして、豆腐屋のおっちゃんの口真似《くちまね》をして、

「豆腐、デカひと切れ」

と言って、豆腐を母さんに手渡《てわた》した。

「豆腐、デカひと切れ、上がりー」

母さんは、私の口真似をしながら大皿《おおざら》に豆腐を移《うつ》した。その口真似が私そっくりだったので、私は思わず吹《ふ》き出してしもうた。

ところが、よく見るとなあ。大皿の横に、もうひとつお皿があってなあ。その皿には、母さんが育《そだ》てた野菜《やさい》が、ひと切れずつ彩《いろど》りよく並べてあった。母さんは、ふたつのお皿を卓袱台《ちゃぶだい》に乗せると、きちんと座《すわ》り直した。そして、

「ハッピーバースデイ　絢《あや》ちゃん」

と、手拍子《てびょうし》を入れて歌《うた》い始めた。私がきょとんとして首をかしげていると、母さんは少し

あわてて、

「あっ、そうか。絢ちゃんは、覚《おぼ》えてないよね。まだ、小さかったからね。この歌はね、絢ちゃんの誕生日に、父さんが、絢ちゃんをだっこして、何度も歌った歌なんだよ。お誕生日おめでとう、おめでとう、という英語《えいご》の歌なんだよ」

私が、

「うん、うん、」

と、うなずくと、母さんは、嬉《うれ》しそうにまた、歌い出した。

「ハッピーバースデイ　絢ちゃん。ハッピーバースデイ　絢ちゃん。ハッピーバースデイ　ディア絢ちゃん。ハッピーバースデイ　トゥ　ユー」

歌い終わると、母さんは、真《ま》っ赤《か》に熟《じゅく》したトマトひと切れを真っ白い豆腐の上に乗せた。それは、まるで、日の丸の旗《はた》のようだった。私が、のぞきこんでいると、母さんは、急《きゅう》に立ち上がってきて、後ろから、ぎゅっと私を抱《だ》きしめた。そして、また、歌い出したんだよ。

「ハッピーバースデイ　絢子《あやこ》。ハッピーバースデイ　絢子……」

と、低い父さんの声を真似《まね》しながら……。

私は、私の記憶《きおく》の窓《まど》が、どんどん開いていくような気がして、体が震《ふる》えてきた。すると、母さんは、私の手をぎゅっとにぎりしめて、薄《うす》く縦長《たてなが》に切ったきゅうりのひと切れをいっしょに豆腐に乗せてくれた。それは、緑《みどり》の森《もり》のようでもあり、さわやかな風のようでもあった。

私は母さんの方に向き直った。すると、母さんは、私の手のひらの上に、妹の大好《だいこう》物《ぶつ》だったかぼちゃを、そっとのせた。そして、小さく体をちぢめて、

「ハッピーバースデイ　ねえちゃん、ハッピーバースデイ　ねえちゃん、

……」

と、かぼちゃの手をゆらしながら、歌い出したんだよ。

（すると、かぼちゃが……かぼちゃが……菜《な》の花畑《はなばたけ》になっていく。妹《いもうと》とちょうちょを追いかけたあの菜の花畑……。あーあ、逃《に》げちゃった。——妹が、また、追いかけて……その後ろ姿《すがた》が、どんどん小さくなって……小さくなって……小さくなって……）

私の目に熱《あつ》いものが、どっ、どっ、とどっと溢《あふ》れてきた。そして、ついに、妹の姿が見えなくなってしもうた。

「ハッピーバースデイ　ね、ね、ね、………」

それは、私を呼ぶ時の弟《おとうと》の声だ。私はもう、たまらなくなって、

「母《かあ》さん」

と言って、母さんの胸《むね》に飛《と》びこんだ。

母さんと私は、はじめて声をあげて泣《な》いた。今まで、こらえにこらえていたものが、後《あと》から後から押《お》し寄《よ》せてくるようだった。

「どぐっ、どぐっ、どぐっ、どぐっ………」

母さんの胸の音と私の胸の音は、ぴったり重なって打っているようだった。

「とくっ、とくっ、とくっ、とくっ………」

父さんの音も重なってくるようだった。

「とく、とく、とく、とく………」

妹《いもうと》の音も重なってきて、

「とっ、とっ、とっ、とっ………」

弟の音も重なってきて、

「大丈夫《だいじょうぶ》、みんな、一緒《いっしょ》だよ」

と言っているようだった。母さんと私は、しばらく、じいっと胸の音を聞いていた。そして、うなずきあった。それから、二人で、「デカひと切れ」に、残《のこ》りの野菜《やさい》を全部乗せた。「デカひと切れ」は、小さな十切れの野菜で飾《かざ》られた「バースデイ・豆腐」になった。それは、最後に、家族《かぞく》みんなで行った花公園《はなこうえん》みたいだったよ。

私が話し終わるとなあ。

教室中に拍手《はくしゅ》が、沸《わ》き起こったんだよ。みんなは涙を拭《ふ》きながら手を叩《たた》いていた。誰《だれ》か

が、「デカひと切れ、万歳《ばんざい》」「バースデイ・豆腐　万歳」と叫《さけ》んだ。佐千子《さちこ》先生は、黒板《こくばん》に太い文字で、

「絢《あや》ちゃん、十菜《さい》の誕生日《たんじょうび》おめでとう」と書いてくださったんだよ。そして、私の両手をしっかりとにぎって、

「ありがとう、絢ちゃん」

とおっしゃったんだよ。

「その時だね。おばあちゃんが、佐千子先生のような先生になろうと思ったのは……」

将吾《しょうご》は、鼻《はな》をすりながら言いました。おばあちゃんは、深《ふか》くうなずきました。

「ただいまー」

玄関《げんかん》に、元気な声がしました。

「早い買い物だね」

おばあちゃんが言いました。

「今、帰ったよ」

おじいちゃんの声もしました。

「あいつら、おじいちゃんのおみやげをねらって、早く帰ってきたんだ」

将吾が言いました。

「そのようだね」

おばあちゃんも首をすくめて言いました。

みんなは、おじいちゃんのまわりに集まりました。おじいちゃんは、旅行《りょこう》かばんからおみやげを取り出しながら、

「あっ、そうだ。もうすぐ、将吾の十歳《さい》の誕生日《たんじょうび》だな。今年は、どんなケーキがいいかい」

と、将吾の方を見て言いました。

「あのね、今年はね。『バースデイ・豆腐』だよ。ねえ、おばあちゃん」

将吾は、誇《ほこ》らしげに言いました。

「『バースデイ・豆腐』って、どんなケーキ?」

弟のたくみと妹のひかりが、同時に尋《たず》ねました。

「今年は、将吾とおばあちゃんに、特別の趣向《しゅこう》がありそうだなあ」

おじいちゃんが、お父さんとお母さんを見て言いました。

二人ともうなずきながら、将吾とおばあちゃんを見つめました。

「お・た・の・し・み・に……」

将吾とおばあちゃんは、声をそろえて言いました。

# 想像は創造の入り口

漆原智良

私は毎年、いくつかの童話を書くサークルの合評会に招かれて、若い人たちと童話の勉強に励んでいます。参加するたびに「新鮮でみずみずしい発想の作品」「奇抜な題材を見事に調理した作品」に出合います。そのたびに「そうした作品を埋もらせておくのは惜しいなあ」と思っていました。しかし、出版業界の事情などから、作品が全国に羽ばたいて陽の目を見る機会はごく少数にしかすぎません。そんな折、銀の鈴社さんが「作品発表の場を企画しよう」と、立ち上がってくださいました。生活童話、ファンタジー童話が多数集まりました。

第一回のテーマは『ゆめ』＝力作が揃い、アンソロジーとして編纂しました。生活童話は、きちんと現実を見据え夢に向かって邁進しています。ファンタジー作品も空間・時間の観念に左右されずのびのびと描いていました。架空の世界にも、その世界の現実があり、秩序があり、夢の底に人間本来の夢や願望があることをとらえていました。作品の底に流れる作者の優しさ、温かさなどが十分伝わってきてうれしくなりました。想像は創造の入り口です。

これを機に、想像のつばさをさらに大きく広げ未来に羽ばたいていきましょう。

# 美しい花畑に

日野多香子

児童文学の短編集は、おそらくこれがはじめてでしょう。公募でしたから、応募した人たちもさまざまでした。

どの人も心を込めて書き上げ応募してきた沢山の作品、わたしも心して読みました。さながら、美しい花畑の中を行く旅人の気持ちでした。森の奥でキノコたちが会議を開いたり、高い山から小天狗が麓をのぞいたり…でも、そんな楽しい物語の奥には厳しい社会批判などが潜んでいるのです。それらの中から、選ばれたのがこの20編です。

読者である少年少女たちは、この中のどれが好きでしょうね？　好きな作品を心の友として、自分の心の中の部屋にしまってほしいと思います。そうして、折に触れて思い出し自分の心の栄養にしてもらえたらどれほどすばらしいことか！

あなたが書いた作品が少年少女の心を育てていく、とても素敵なことです。

今回、惜しくも選にはいらなかった人、締切に間に合わなかった人もいると思います。その人たちも次回は頑張ってください。そうして、この花畑を更に豊かに美しく育てていきましょう。

# 児童書出版の夢をのせて

銀の鈴社　代表取締役　西野真由美

短編童話の年刊アンソロジー『銀の鈴 ものがたりの小径 ゆめ』創業30年の節目に企画、スタートしました。

姉妹編ともいえるポエムの年刊アンソロジー『子どものための少年詩集』は、１９８４年から足跡を刻んでいます。

情報あふれる時代のなかで、書き手、描き手、読者をつなぐ立場で、「本」の力を信じて、より高みへとの思いを結集させました。

NDC913　銀の鈴ものがたりの小径　編集委員会
神奈川　銀の鈴社
200頁　21cm　（銀の鈴ものがたりの小径・ゆめ）



年刊　短編童話　アンソロジー　第一回
銀の鈴ものがたりの小径・ゆめ

2018年5月5日初版発行
定価：本体 1,600円＋税

編　者——銀の鈴ものがたりの小径　編集委員会©
発行者——柴崎聡・西野真由美
発　行——株式会社 銀の鈴社
〒248-0017　神奈川県鎌倉市佐助1-10-22　佐助庵
電話：0467（61）1930　FAX：0467（61）1931
http://www.ginsuzu.com　E-mail info@ginsuzu.com

ISBN 978-4-86618-048-9 C8093
印刷・電算印刷　製本・渋谷文泉閣